DU MÊME AUTEUR

Aux Éditions Gallimard

SIRÈNE, 1985 («Folio» n° 3415).

LA GIRAFE, 1987 («Folio» n° 2065).

ANATOMIE D'UN CHŒUR, 1990 («Folio» n° 2402).

L'HYPNOTISME À LA PORTÉE DE TOUS, 1992 («Folio» n° 2640).

LA CARESSE, 1994 («Folio» n° 2668).

CELUI QUI COURT DERRIÈRE L'OISEAU, 1996 («Folio» n° 3173).

DOMINO, 1998 («Folio» n° 3551).

LA NOUVELLE PORNOGRAPHIE, 2000 («Folio» n° 3669).

LA REINE DU SILENCE, 2004 («Folio» n° 4315).

VOUS DANSEZ?, 2005 («Folio» n° 4568).

LES INSÉPARABLES, 2008 («Folio» n° 5042).

PHOTO-PHOTO, 2010 («Folio» n° 5407).

JE SUIS UN HOMME, 2013 («Folio» n° 5732).

LA PLAGE, 2016 («Folio» n° 6333).

Aux Éditions du Mercure de France

UN ENFANT DISPARAÎT, 2005 («Le Petit Mercure»).

Aux Éditions Actes Sud Papiers

LA CONFUSION, 2011.

ADOPTEZ UN ÉCRIVAIN, 2012.

LA COURSE AUX CHANSONS, 2012, illustrations Christophe Merlin («collection Heyoka Jeunesse»).

NOËL REVIENT TOUS LES ANS, 2014.

LA VIOLENCE DES POTICHES et autres monologues féminins, 2016.

Aux Éditions Albin Michel jeunesse

COMMENT L'ÉLÉPHANT A PERDU SES AILES, 1997, illustrations Hélène Riff.

LES TROIS SŒURS CASSEROLES, 2000, illustrations Frédéric Rébéna.

Suite des œuvres de Marie Nimier en fin de volume

LES CONFIDENCES

MARIE NIMIER

LES CONFIDENCES

GALLIMARD

Aux Bifurcations

Il y a certaines choses que l'on voit mieux
les yeux fermés.

Pendant des mois, quand on m'a demandé ce que je faisais, j'ai répondu que je travaillais sur mon *machin* autour des confidences. Un jour, à force de tourner en rond, le *machin* a pris corps. Je suis montée dans un train avec une valise, et tout s'est accéléré.

Dès le lendemain de mon arrivée, armée d'un rouleau de scotch et d'un plan détaillé de la ville, j'ai posé des affichettes dans quelques endroits clés, le lycée et le centre d'apprentissage, le hall d'accueil du supermarché, la Maison des Associations, la médiathèque, ainsi que chez les commerçants des quartiers nord, près du canal, plus réceptifs d'après la bibliothécaire que ceux de la rue piétonne. On pouvait y lire en lettres bleues sur fond jaune le texte suivant :

APPEL À CONFIDENCES

Une phrase entendue dans l'enfance, un acte que l'on regrette, un bonheur volé. Une pensée qui vous tourmente ou vous fait sourire. Un rien du tout, mais qui revient, sans que vous sachiez pourquoi.

Un désir. Un remords.
Une peur qui retient votre esprit en otage...

Du 28 septembre au 16 novembre
Une romancière recueille confidences, confessions
et autres secrets

La rencontre se déroulera de façon parfaitement anonyme. Les témoignages serviront de base à l'élaboration de textes de fiction qui pourront être mis en scène et publiés. Les noms des personnes évoquées seront changés, les lieux rendus méconnaissables.
Pour partager une émotion, déposer un souvenir encombrant, ou simplement parce que la démarche vous intrigue, n'hésitez pas à vous inscrire. Ceux qui n'ont pas la possibilité de se déplacer sont invités à envoyer leur récit sur le site des confidences à partir du 26 septembre (voir lien ci-dessous).

En bas de la feuille rebiquaient des languettes prédécoupées où figurait l'adresse du site, dans la pure tradition des petites annonces à franges que l'on met dans l'espace public pour retrouver son chat, son chien, ou signaler une disparition.

Afin de respecter l'anonymat des participants, j'avais envisagé toutes sortes de dispositifs sophistiqués. Le plus simple s'était finalement imposé : me bander les yeux avec un tissu blanc et opaque. Cela rendrait les choses plus abstraites. J'étais là, dans cette ville inconnue, pour recueillir des mots et les laisser résonner, comme on colle un coquillage à son oreille pour entendre la mer. Si tout se passait bien, une série de textes naîtrait de ces moments suspendus, des nouvelles peut-être, ou des monologues retranscrits de mémoire, je n'en savais pas tellement plus. L'idée de m'effacer derrière la parole des autres me soulageait, c'est ce que j'avais dit à la bibliothécaire. Elle avait souri. J'aimais bien cette femme, sa façon de plisser les yeux quand elle parlait, ses fossettes, sa gravité de lectrice passionnée.

*

Une semaine avant le début des rendez-vous, tout était en place pour accueillir les visiteurs dans un appartement prêté par la Mairie. Sur la sonnette du cinquième étage, en bas de l'immeuble, venait s'inscrire un nom commun parmi les noms propres – CONFIDENCES. En attente d'attribution, l'appartement était presque vide. Ne restait plus dans la pièce principale qu'un immense philodendron et, dans l'entrée, un portemanteau à cinq boules. J'avais nettoyé les carreaux au papier journal, détartré les toilettes, donné un coup de serpillière sur le parquet flottant. La table et les deux chaises empruntées à la médiathèque trônaient au centre de l'espace, sous le philodendron. Même si je n'ai jamais beaucoup aimé ce genre de plante, trop ostentatoire à mon goût, sa présence me rassurait. Assise sur ma chaise, j'avais l'impression de sentir son haleine, comme une caresse dans le dos. J'en étais venue à me dire que les plantes comme les êtres humains et les animaux avaient chacune leur personnalité, et que celle-ci, malgré son nom un peu ridicule, possédait un charme particulier. Le gardien de l'immeuble m'avait suggéré de passer les feuilles à la bière avec une éponge, mais je n'avais pas suivi son conseil, de peur que l'odeur ne persiste. Dieu sait ce qu'en déduirait la personne qui viendrait déposer son secret, enfin la personne – le confident dont je serai la confidente, comme on dit l'hôte dont je serai l'hôtesse, puisque au masculin le même terme désigne celui qui donne et celui qui reçoit. La personne, donc, ou le confident qui, le moment venu, à une cadence bien mesurée pour que jamais il n'en croise un autre, appuierait sur la sonnette. Quelques phrases de bienvenue, ce serait à son tour de parler. J'imaginais que son départ, plus encore que son arrivée, soulèverait une émotion très forte de part et d'autre de la table. Il faudrait que je me retienne de me lever pour le raccompagner jusqu'à la porte, et ce serait sans doute le plus difficile pour moi – le laisser partir, seul. Et rester seule avec son histoire.

*

Peu à peu, le calendrier se remplissait. J'avais hâte de commencer. Je guettais les confidences qui n'allaient pas tarder à arriver sur le site. La première que je reçus me laissa sans voix. Je passai une nuit agitée.

La première confidence ? En lettres capitales, ces neuf mots : CETTE GAMINE ELLE A ÉTÉ FINIE À LA PISSE.

C'est tout.

*

Quand la sonnerie de l'interphone retentit, mon ventre se serre. Et si les gens ne me parlaient que de viols, de mensonges, d'humiliations ? Je vérifie que la porte qui donne sur le palier est bien entrouverte et m'assieds à ma place sous le philodendron. L'ascenseur est très lent, je noue le bandeau autour de ma tête, l'obscurité s'empare de moi. J'attends. L'ascenseur arrive enfin, coup de boutoir, il repart. Des chaussures de sport grincent sur le parquet. Le confident est encore dans l'entrée, je m'entends lui suggérer d'un ton mal assuré d'accrocher ses affaires, s'il a des affaires, avant de venir s'installer sur la chaise en face de moi. La précision me paraît absurde, il n'y a pas d'autre endroit où s'asseoir. Je ne sais pas où poser mes mains, elles m'embarrassent soudain. Des mains nues, sans stylo. Des mains inutiles.

Une drôle de vie commence. Une vie en transparence. Une vie avec les secrets des autres.

Le compas

Je commence quand, il y a un signal ou quoi ? Tout de suite ? Eh bien voilà, je commence. Je vais commencer *(petite toux pour s'éclaircir la voix)*.

Nous nous connaissions depuis le collège, il était arrivé de Somalie via Montpellier, débarqué comme ça, sans connaître la langue. Je l'avais pris sous mon aile *(silence)*.

Un jour, il parlait déjà bien le français, il m'a demandé si je pouvais lui prêter mon compas. En échange, il tenait absolument à me donner quelque chose. Je lui ai répondu que ce n'était pas la peine, que je pouvais bien lui prêter mon compas gratuitement, mais il a insisté et j'ai compris qu'il en faisait une question de principe. Il ne voulait rien me devoir. Plus rien me devoir. Je crois que j'ai rougi. Tu n'as qu'à m'enfoncer la pointe du compas dans la cuisse, je lui ai dit, un coup sec, comme ça, à travers le pantalon. Voilà ce que je veux en échange. Que tu m'enfonces le compas dans la cuisse.

Déconne pas...

Vas-y, qu'est-ce que tu attends ?

Je l'entends encore qui répète avec son accent : Déconne pas, en essayant de rire. Il ne sait pas si je plaisante ou non, et en vérité, oui, peut-être que je plaisante au début, mais très vite ses mâchoires se crispent et je deviens sérieux. La sonnerie retentit, s'il n'a pas le compas, il rate son contrôle de géométrie et c'est son passage en première qui est compromis.

Quand la pointe s'enfonce, je ne crie pas. Je plaque mon pantalon contre la blessure pour contraindre la douleur, et je crache : Petit salaud.

Je ne sais pas qui a eu le plus mal de nous deux. Les larmes jaillissent de ses yeux. Ça ne me ressemble pas du tout ces mots, *petit salaud*, ma voix non plus ne me ressemble pas, une voix nasillarde et aiguë comme dans les films en noir et blanc qui passent à la télé.

Le scénario s'arrête là, aucune excuse ne vient adoucir la scène, à moins que la formation de la croûte ne soit à considérer comme une excuse, le corps s'attachant au tissu. Mais le soir, il faut se déshabiller et la croûte s'arrache. La plaie recommence à saigner. L'exaltation retombée, la douleur se réveille. Une douleur insistante, sourde, profonde, comme si *quelque chose* était resté dans mon corps. Un morceau de plomb. Une écharde. Je presse après la douche, mais rien ne vient qu'une lymphe rosâtre. La peau se referme. L'étranger est toujours dedans.

Quand j'appuie là, sur la cuisse, aujourd'hui encore, je sens comme un kyste.

La suite de l'histoire ? Il réussit son interrogation écrite, je ne lui adresse plus la parole. Je me débrouille pour qu'il ne puisse pas me rendre le compas et jette la boîte avec les mines de rechange dans la benne à ordures. Sur le chemin du lycée, dans la cour, dans les couloirs, je le fuis. Je regrette de l'avoir obligé à me faire mal, regret qui se manifeste d'une drôle de façon, je le comprends rétrospectivement : je me mets à le détester. Sa douceur me dégoûte. Sa servilité.

Je ne sais pas pourquoi je vous dis tout ça.

Je nous revois devant le lycée le jour des résultats du bac, il joue des coudes pour accéder aux feuilles placardées sur la porte cochère, sa mère est là avec son turban, et moi j'attends tranquillement derrière. Je sais que je vais avoir une mention, je n'en doute pas un seul instant. Et j'ai une mention. Tout me réussissait à l'époque, les filles, les études, même mon permis de conduire, je l'ai obtenu du premier coup.

Aujourd'hui, je suis un raté. Je n'ai rien fait de ma vie. Je me traîne.

Je n'avais pas envie de souffrir, comprenez-moi, je n'étais pas maso ni rien de tel, j'avais juste envie de le punir parce qu'il n'avait pas accepté que je lui prête mon compas gratuitement.

Le peuplier

Moi aussi je vais fermer les yeux, comme ça, nous serons à égalité. Je ferme les yeux, donc. Et je revois la scène. Il faut vous imaginer la campagne au printemps, une petite campagne avec des boutons d'or et des haies et des villages et une maison couverte de glycine. Au bout d'un jardin, il y a un rideau de peupliers, et au centre du rideau, il y en a un plus grand que les autres dans lequel je grimpe, haut, très haut, pour échapper à une...

Une situation.

Pour la regarder de haut, de très haut, et prendre de la distance.

De mon refuge, je vois un canapé qui sort de la maison, et puis la télévision, et c'est toute la maison qui se vide comme si elle se retournait sur elle-même. Les meubles et les objets viennent s'empiler devant la porte. Près du garage, sur la gauche, il y a une voiture de flic et ma mère avec deux hommes en costume-cravate.

On ne savait pas où aller, chômage, famille nombreuse, je vous passe les détails, l'important c'est l'image. Une grande maison avec un perron, pas une maison très jolie, pas une très jolie maison bourgeoise, mais quand même un vrai jardin avec un rouge-gorge, des mésanges, et moi dans le peuplier à dix ans, onze ans, le plus haut possible.

Après, tout a changé. On s'est retrouvés en appartement, trois par chambre et pas l'ombre d'un arbre. On étouffait là-dedans. Je n'ai jamais pu en reparler avec mes frères et sœurs, encore moins avec mes parents. C'est un sujet tabou qu'il ne faut pas sortir de la boîte. Et dans la boîte il y a un ciel d'ardoise. Une odeur de glycine. Une maison à qui on met le doigt dans la bouche, et qui dégueule.

Regrets éternels

Je la retrouve lors d'une soirée chez des amis communs, trônant près de la fenêtre. Elle est très amaigrie, très pâle. Ne met plus de turban depuis sa dernière hospitalisation et porte son crâne lisse en guise de couronne. Elle rayonne. Les gens se succèdent sur l'accoudoir de son fauteuil. Elle veut tout voir, tout entendre, profiter de tout ce qui lui reste. Elle n'a plus de travail, plus de règles, plus de cils ni de sourcils ; elle plaisante sur le fait de ne plus avoir à s'épiler. Vers une heure du matin, alors que je suis sur le point de m'en aller, elle me dit très calmement : Je ne pense pas qu'on se reverra.

Et moi, comme un idiot, je réponds : Ne dis pas de bêtise !

Son regard, à ce moment-là, son regard…

Elle est morte le lundi suivant.

Ne dis pas de bêtise.

J'aimerais pouvoir revenir en arrière. Ne rien lui répondre. La prendre dans mes bras et laisser nos deux corps vivants se dire adieu. Au lieu de ça, le jour de ses obsèques, je pose mes lèvres sur son cercueil.

Le bois est lisse, la couche de vernis me laisse un sale goût. Je ne l'ai pas écoutée. Je ne l'ai pas entendue. Je n'ai pas compris qu'elle m'offrait un précieux cadeau en me signifiant calmement qu'elle était prête à partir. J'ai dû lui faire de la peine.

Une gerbe de fleurs blanches sur sa tombe : Regrets éternels.

Moi en pleurs. Sa famille trouvant de quoi sourire, parce que c'est ça qu'elle aurait aimé.

Très romantique

Je vais avoir dix-sept ans en décembre, je suis au lycée, section littéraire, c'est là que j'ai trouvé votre annonce. Quand je l'ai lue, mon cœur s'est mis à battre très vite, comme si vous pouviez me voir, cachée derrière la feuille. J'avais l'impression que vous me parliez, à moi personnellement. J'ai tout de suite pris rendez-vous, sans savoir ce que j'allais vous dire, j'avais juste envie de rencontrer un écrivain. Vous ne pouvez pas imaginer ce que ça représente pour moi. Je ne sais pas ce que j'attends de cette rencontre, mais j'aime l'idée que vous m'écoutiez avec vos mots à vous. Ça me donne de l'importance. J'espère que vous garderez mon témoignage, que ce que je vais vous raconter ne vous semblera pas trop stupide.

J'ai préparé un petit texte, ça vous embête si je le lis ?

La plupart des gens qui me connaissent l'ignorent, je suis très romantique et tout ce qui advient autour de moi me le rappelle à chaque instant – un couple dans la rue, une affiche sur un abribus, les histoires dans les romans ou les séries télé. Je suis encerclé par l'amour, cette chose que je ne suis même pas capable de définir, mais qui est toujours là, toujours proche, comme un nuage qui me suit, une ombre accrochée à mes pieds. Impossible à saisir, impossible à posséder. Si je bouge pour chercher l'amour, si j'essaie de l'apprivoiser, il bondit en arrière et se cache comme un animal sauvage, alors je reste immobile et rien ne se passe. Un jour, je le sais, je trouverai la solution. Un jour, et en attendant, j'attends.

Voilà, ça vous plaît?

Le mois dernier, quelqu'un m'a dit que j'avais du charme. Ça faisait longtemps que je n'avais pas entendu ce genre de chose. J'ai pensé à la fille de ma classe que j'aime, ou que je crois aimer. Est-ce qu'elle trouve que j'ai du charme?

Laura, elle s'appelle Laura. Je n'ai jamais osé l'approcher. Elle n'est pas comme les autres filles. Elle est souvent seule dans la cour, elle aime lire dans un coin après le déjeuner. Elle change tous les jours de place, on ne sait jamais où la trouver.

C'est beau les livres, ce n'est pas attaché à un endroit.

Est-ce que vous allez écrire tout ça, tout ce que je vous raconte?

Quand je dis que je ne suis plus trop sûr de savoir si je suis amoureux de Laura, c'est que j'ai éprouvé le même sentiment pour deux autres filles de ma classe, et pour une troisième encore pendant les vacances d'hiver, une femme plus âgée, une amie de ma tante. Je ne sais pas si je les aime, ou si j'ai simplement envie de partager une amitié plus profonde avec elles. Je ne sais pas non plus ce que je dois penser de moi et de ma capacité à les séduire. Est-ce que j'ai du charme, vraiment? J'aurais besoin d'un conseil. D'un avis. De votre avis.

Vous ne pourriez pas enlever votre bandeau et me regarder une seconde, juste une seconde, pour me donner votre opinion, en tant qu'écrivain? Enfin, comment on dit, écrivaine? Écrivain?

Je ne vois pas ce qui vous en empêche, je n'en parlerai à personne, je vous le promets, pas même à Laura si un jour je trouve le courage de lui adresser la parole. Vous ne voulez pas? Alors vous pouvez au moins essayer de m'imaginer. Je vous donne quelques indices: je suis brun, j'ai une mèche qui tombe sur les yeux et un grain de beauté sur la pommette gauche, à l'aplomb de l'iris. J'ai les joues rouges dans l'effort ou dès que je suis ému. La première fille avec qui je suis sorti m'a fait des compliments sur ma bouche. Je suis très long, le torse surtout. Je n'ai pas beaucoup de poils.

Vous trouvez que j'ai du charme, à la voix, comme ça, vous seriez capable de m'aimer?

Un billet de vingt euros

Le confident suivant est une confidente, je mets un moment à le comprendre tant son timbre de voix est grave. La diction est limpide, le discours construit, elle aussi doit avoir apporté des notes car elle tourne de temps à autre une page, à moins qu'elle ne tripote un journal pour occuper ses mains. L'histoire qu'elle est venue raconter commence un vendredi, en fin de journée, après le travail. Comme tous les vendredis, elle va faire ses courses au supermarché. Et comme tous les vendredis, un homme est là, assis en tailleur près de la porte vitrée. Il ne vend rien, enfin, rien de matériel. Il offre sa présence régulière, son sourire singulier, et en échange on peut si l'on veut lui donner de l'argent.

C'est son travail à lui, son activité. Il a deux dents métalliques sur le côté et un trou au milieu. Ses lèvres sont bombées, ses pommettes hautes et saillantes, son dos bien droit, et même plus que droit, légèrement cambré, projetant son gros ventre vers l'avant. Aux pieds, il porte des baskets sans lacet. Ses cheveux noirs ont des reflets cuivrés quand il y a du soleil.

Des reflets cuivrés, jusqu'au jour où il se rase les cheveux. Elle va pour le lui faire remarquer, comme s'il ne le savait pas lui-même, *Tiens, mais vous êtes rasé aujourd'hui*, elle veut lui signifier qu'elle fait attention à lui, qu'elle le regarde, qu'il n'est pas juste un tas fiché d'une main tendue, mais elle pense au dernier moment qu'il a peut-être été obligé de se raser à cause des poux, alors elle ravale son commentaire et se contente de lui demander de ses nouvelles. L'homme lui répond dans son français approximatif qu'il ne va pas très bien, *je aller pas très bien, c'est defficile, defficile*, et paumes ouvertes, il lève les yeux au ciel. Elle croit qu'il invoque les forces divines, mais non, l'homme est pragmatique : c'est la pluie qui gâche sa journée. Les gens sont pressés. Ils partent vite, sans rien lui donner, ils ont peur de recevoir la sauce.

Au supermarché, elle en a pour quarante euros. Le caissier a l'air désolé qu'elle ait égaré sa carte de fidélité. Il en fait tout un plat. La file s'allonge. Elle fouille partout, décidément non, pas de carte. Avant de refermer son portefeuille, elle constate qu'il ne lui reste plus de pièce, juste un biliet de vingt euros. Elle le range dans la poche de son jean, pour qu'il soit facilement accessible. Elle veut laisser quelque chose à l'homme qui fait la manche.

Combien va-t-elle lui donner ? Deux euros, comme les autres fois ? Cinq euros ? Elle n'aura qu'à lui demander s'il a de la monnaie.

Elle s'apprête à sortir du supermarché en poussant son caddie. Cinq euros, ça lui semble beaucoup soudain. En coupant la poire en deux, disons quatre euros, ce qui fait tout de même dix pour cent du montant total de ses achats. Ce petit marchandage avec elle-même la satisfait. Elle se trouve très généreuse.

Quand elle passe la porte vitrée, il est là, il n'a pas bougé. Il pince son tee-shirt entre son pouce et son index, le tire vers l'avant pour le décoller de son ventre. Elle lui demande d'une voix claire, comme elle le ferait chez n'importe quel commerçant : Est-ce que vous avez de la monnaie sur vingt euros ?

La tête de l'homme se redresse, son visage s'illumine. Il prend le billet et remercie la jeune femme en plaçant sa main droite sur son cœur.

Elle attend, debout devant lui, mais rien ne se passe. Elle attend encore. Ça dure longtemps, trop longtemps. Visiblement l'homme n'a pas l'intention de lui rendre quoi que ce soit. Il dodeline de la tête, il est content.

Depuis ce jour, chaque semaine, elle appréhende le moment d'aller faire ses courses. L'automne arrive, les cheveux de l'homme repoussent. Même si le temps est au beau fixe, il dit en regardant le ciel : *C'est defficile aujourd'hui, defficile,* comme s'il prononçait une formule magique susceptible de déclencher l'apparition d'un billet de vingt euros. Quand la jeune femme lui donne des pièces, elle a l'impression d'être en faute. Il remercie pourtant, la main sur le cœur, avec le même enthousiasme, la même reconnaissance, mais ses remerciements sont embarrassants.

Elle va de moins en moins souvent au supermarché,

deux fois par mois, une fois par mois, et puis un vendredi, l'homme n'est plus à sa place habituelle, il a
déménagé sur un carré de pelouse près des caddies.
Un garçon d'une dizaine d'années l'accompagne. Il
tient en l'air son téléphone qui diffuse une musique
entraînante, pensant ainsi attirer la sympathie des
bienfaiteurs potentiels, sans imaginer qu'il leur envoie
un message contradictoire. S'il a de quoi s'offrir un
portable, c'est que son père n'est pas dans la misère.
Les clients du supermarché se sentent floués. Est-ce
pour cela qu'on lui a donné de l'argent, semaine après
semaine, pour qu'il paye un forfait téléphonique à ce
gamin aux joues rebondies?

La jeune femme le salue et l'homme, d'un geste
doux, encourage le petit à s'avancer vers elle. Il s'exé-
cute en se tortillant un peu. Quand elle lui demande
comment il s'appelle, il hausse les épaules – elle comprend qu'il ne parle pas un mot de français.

Elle ne donne jamais d'argent aux enfants qui font
la manche, mais là, comment dire? Elle ne peut pas
faire autrement. Un mouvement inattendu survient
alors, un mouvement qui la touche plus que de raison. Le gamin regarde la pièce de deux euros qu'elle a
déposée dans sa main, referme les doigts, puis se jette
à son cou et l'embrasse, deux bons baisers bien chauds
dans le froid de l'hiver. Quand elle va remettre son
caddie en place, l'homme lui explique qu'il n'a plus le
droit de s'installer devant le supermarché, près de la
porte d'entrée, la direction lui a demandé de quitter
sa place. Elle l'a congédié, en somme, alors il reste là,
sur le parking. Ce n'était pas commode, l'humidité, la

boue, les pots d'échappement, les gens qui font semblant de ne pas le voir.

Defficile, conclut-il, *defficile*.

Elle n'est pas retournée au supermarché. Elle ne
peut plus y aller. Elle n'en est pas fière, mais c'est ainsi :
elle a peur de croiser le regard plein de gratitude et de
peine de l'homme au sourire d'argent. Peur de retrouver l'enfant. Ses baisers lui pèsent. Ses remerciements.

Deux belles crottes

Elle arrive comme une fleur, avec cinquante minutes de retard et une odeur de jasmin, se répand en excuses, fait un commentaire sur la taille impressionnante du philodendron, puis sur ses feuilles, ternes, lâche-t-elle, et son diagnostic tombe comme un couperet.

Il faudrait les passer à la bière, c'est radical.

Je la remercie, je connais le tuyau, mais il semblerait, inventai-je, que la bière bouche les pores de la plante, l'empêchant de respirer. Elle dit : Ah oui ? d'un ton dubitatif. Elle dit encore qu'elle avait imaginé que le bandeau sur mes yeux serait noir, comme celui de l'inconnue de la Seine photographiée par Man Ray.

Je ne vois pas à quoi elle fait allusion, mais j'acquiesce d'un mouvement de tête.

Sa confidence ? C'était il y a une vingtaine d'années, raconte-t-elle, plus peut-être. Je promenais mes dobermans dans la rue quand un type en salopette m'a interpellée. Madame, madame, vous avez laissé tomber quelque chose ! On a rebroussé chemin, moi et mes chiens. Je me demandais ce que j'avais pu laisser tomber. Inventaire rapide : sac, veste, clés de voiture, quoi d'autre ? Il m'a montré deux belles crottes sur le trottoir. Je l'ai insulté, les chiens ont commencé à grogner en retroussant les babines. Le type s'est reculé, j'ai fait mine de les lâcher, il a détalé comme un lapin, la trouille de sa vie.

J'ai repris les chiens en main et suis repartie la tête haute.

Voilà, c'est tout. Je sais, ce n'est pas brillant, c'est même consternant, mais je repense souvent à cette scène, c'est la raison pour laquelle j'ai choisi de vous la raconter. Elle me colle à l'esprit, pas moyen de m'en débarrasser. On prétend qu'avant de mourir on voit défiler toute sa vie. Moi, c'est ça que je verrai défiler : deux belles crottes bien moulées en tenue de parade ! Vous m'auriez dit à l'époque qu'on ramasserait un jour soi-même les déjections, je vous aurais ri au nez.

Son téléphone sonne. Elle s'excuse et, juste avant de décrocher, elle me demande en baissant la voix, comme s'il s'agissait d'une question vraiment personnelle : Vous avez connu les motocrottes ?

Rebuts

Je ne comprends pas tout de suite sa profession. Rebuts. Le monsieur qui vient de s'asseoir sur la chaise en face de moi travaille aux rebuts, comme on appelait autrefois ce service de la poste basé à Libourne – ou plutôt je travaillais là-bas, corrige-t-il, parce que depuis longtemps, je suis à la retraite. C'est à Libourne également que se trouve le secrétariat du Père Noël, plus de deux millions de lettres chaque hiver tout de même, mais moi, j'étais dans le concret. Ma mission consistait à ouvrir les enveloppes dont les adresses étaient invalides ou indéchiffrables et d'analyser leur contenu, dans l'espoir d'identifier leurs destinataires ou leurs expéditeurs. On n'avait pas le Net à l'époque, juste nos yeux. Chaque courrier égaré était un défi. On se faisait un point d'honneur à le remettre sur les rails.

C'est dans ce cadre précis que j'ai pris rendez-vous. J'ai pensé que vous seriez sensible à ma démarche. J'ai toujours accompli mon travail avec intégrité, respectant scrupuleusement les règles du service public. Quand vous tombez sur de l'argent liquide, c'est primordial, l'intégrité. Si l'argent est considéré comme perdu, au bout d'un an et un jour, il est transmis à la Banque de France. Et les lettres, brûlées au bout de trois mois. Ça passe vite, trois mois. Vous voyez où je veux en venir.

Non, je n'ai rien volé, ce n'est pas du tout mon genre de voler.

J'ai juste mis un pli de côté, disons que je l'ai réservé.

Un pli, en trente-huit ans d'exercice.

Je ne pouvais pas supporter qu'il soit détruit.

C'était une enveloppe en kraft moucheté de format C5 avec une étiquette partiellement endommagée, l'adresse du destinataire était illisible. Les timbres représentaient des bonsaïs de différents types, collés bien droit. Le tampon indiquait qu'elle avait été envoyée d'Hô Chi Minh-Ville en mars 1998.

Dans le milieu, tout le monde connaît la poste centrale d'Hô Chi Minh-Ville conçue par Gustave Eiffel à l'époque de l'Indochine française, c'est sans doute cet aspect des choses qui a d'abord retenu mon attention. Et puis il y avait le souvenir des grandes manifestations contre la guerre du Vietnam où beaucoup d'entre nous avaient fait leurs premiers pas de militants. Disons que nous étions sensibilisés, alors ce courrier, je l'ai ouvert avec un soin tout particulier.

J'ai introduit mon coupe-papier dans le rabat, une odeur de moisi s'est échappée.

J'ai glissé ma main, c'était doux et épais. L'enveloppe contenait un carré de coton léger avec trois violettes brodées sur le côté, un lange très précisément, et une photo en noir et blanc représentant une enfilade de lits métalliques à barreaux. Je ne pouvais pas me détacher de cette image. La pièce carrelée, au fond des draps qui sèchent. Des ventilateurs, tout du long. Des appliques aussi pour la lumière. Et les petits lits, tous vides, sauf un au milieu dans lequel dormait un nourrisson, jambes nues repliées et les mains grandes ouvertes posées de chaque côté de son corps, comme pour tendre les bras à qui voudrait de lui. Au dos de la photo, quelqu'un avait écrit en français : Ne pas laver les vêtements dans la machine s'il vous plaît, cela peut donner le tournis au bébé.

Cette phrase m'a bouleversé. Elle disait que cet enfant avait été aimé.

Ce que j'attends de vous ? Que vous écriviez dans votre livre : *Si vous êtes susceptible d'être le destinataire d'un courrier envoyé le 26 mars 1998 de la poste centrale de Hô Chi Minh-Ville, contactez le site des confidences, qui transmettra.*

L'aquarium

À la façon dont il s'assied et replace soigneusement sa chaise, l'avançant vers la table comme s'il allait manger, j'imagine un homme plutôt rond, avec une barbe peut-être, et des yeux d'enfant. Une sorte de gourmandise dans ses tournures de phrases. S'il y avait une serviette, il la placerait autour de son cou. Il est venu parler de ses désirs secrets. Il aimerait par exemple que d'un coup de baguette magique le monde soit transformé, instantanément et pour l'éternité, en une soirée mousse où les corps passeraient leur temps à se caresser, à se frôler, à glisser les uns contre les autres comme des otaries.

Un monde sans vengeance, explique-t-il, sans aspérité.

Je ne sais pas d'où me vient cette image, poursuit-il, et par quel miracle mes parents, somme toute assez brutaux, ont pu engendrer quelqu'un d'aussi pacifique. Je ne supporte pas la violence. Je suis de constitution solide, pourtant, mais je ne sais ni crier, ni me battre, ni même me défendre sans en payer le prix : quand je m'oblige à le faire, j'ai toujours le dessus, mais ça me rend malade. Alors le plus souvent, je préfère céder à mon penchant naturel, et m'écraser.

Je me terrasse. Je m'aplatis. Je me transforme en pelouse.

Plusieurs fois au collège, je me suis fait traiter de pédé parce que je refusais de me bagarrer. Je les ai laissés dire. Ça m'allait bien ce mot, ces deux syllabes enfantines. Pipi, papa, papy, pépé… Pédé. Un pédé qui aime le corps des femmes et qui aime tout court, sans a priori, toutes les formes humaines ou animales, tous les âges, tous les sexes. Pourquoi faudrait-il choisir ? J'imagine une rue pleine de gens légèrement vêtus qui marchent les uns vers les autres avec la grâce des danseurs. Ils laissent traîner une main, effleurent, caressent, parfois prennent le temps de se flairer un peu.

N'allez pas croire *(il s'interrompt, marque une hésitation)*.

En vérité, ma sexualité est très ordinaire. Je suis en couple depuis plus de quinze ans, nous habitons un appartement au rez-de-chaussée d'un immeuble moderne avec aquarium dans le salon.

La nuit, quand la maison dort, je regarde les poissons. Celui avec la moue boudeuse, la mâchoire inférieure poussée vers l'avant. Celui avec des antennes au coin des ouïes. Les deux entourés d'un lacet jaune d'or et les dix autres encore, minuscules, qui ressemblent à ces berlingots que l'on vend dans les fêtes foraines. J'en choisis un, et je le suis. Je suis le poisson, comme lui, je ralentis, j'accélère, je remonte à la surface et replonge tout au fond en retenant mon souffle. Quand mon cœur se soulève, le gravier s'éparpille, il fait des vaguelettes. Je ne sens plus mon poids, je suis léger, léger, je rêve, je parade, j'en éprouve un plaisir inouï. De temps à autre, je lâche ma semence. Je n'ai pas besoin de pénétrer pour procréer – il n'y a jamais de viol chez les poissons. Quand ils stationnent bouche contre bouche, laissant échapper leurs petites bulles, je suis comblé.

La poire

Vous voyez où se trouve l'écluse ? Nous étions installés juste derrière, rue Aristide-Briand. *Au Bonheur des Fruits*, entre le tabac et la banque. Un jour, mon mari n'était pas là, je venais de remonter le rideau de fer, une cliente est arrivée, ding-dong, je la regarde : elle est aveugle.

Je ne sais pas pourquoi, ça m'a fait un choc. Elle éclaboussait les marchandises de son regard laiteux, j'en étais gênée pour elle. Je me souviens avoir pensé (vous allez me trouver ignoble, mais c'est bien ça que je me suis dit) : Elle pourrait porter des lunettes noires, au moins.

Elle m'a demandé un kilo de poires, sans s'inquiéter du prix.

Je lui ai mis les plus chères, des passe-crassanes qui avaient un peu vécu, et à la fin j'en ai rajouté une qui était visiblement abîmée. Je lui ai lancé : Ça fait un peu plus du kilo, je laisse ou j'enlève ?

Elle a répondu en papillonnant : Laissez, laissez, puis elle a payé et elle est repartie, ding-dong, son sac en papier débordant de fruits d'un côté et sa canne de l'autre.

L'après-midi, le lendemain, la semaine suivante, j'ai eu peur qu'elle revienne avec la poire pourrie, j'en ai fait des cauchemars, elle me visait en se repérant à la voix, la poire s'écrasait contre la vitrine, une grosse traînée blanchâtre avec des grumeaux.

Heureusement, elle n'est jamais revenue au magasin. Je l'ai aperçue une fois près du pressing, je me suis dépêchée de traverser la rue, elle m'a suivie, comme si elle avait pu m'identifier à l'odeur. J'ai commencé à courir, les gens me regardaient étrangement, tout le monde me connaît dans le quartier, personne ne m'avait jamais vue courir.

Soldat du Christ

Église Saint-Michel, le jour de ma confirmation. Je me tiens bien droite, debout dans la colonne des jeunes filles qui attendent sur le côté droit de la nef. Je suis très pieuse, très. Mes yeux se ferment. Quand je les rouvre, c'est le vide devant moi. Il n'y a plus personne, plus de colonne, plus rien. Combien de temps s'est écoulé ? Je suis prise de panique. Heureusement le curé tourne le dos aux fidèles, il ne peut pas me voir, alors je me faufile derrière les grandes orgues, et là, soulagement, j'aperçois les autres communiantes. Je les rejoins sur la pointe des pieds, tout va bien, merci mon Dieu, je suis sauvée, sauf que...

Sauf que je ne suis pas passée devant l'évêque qui te fait Soldat du Christ en te donnant une petite gifle sur la joue. J'ai manqué cette étape. Je ne suis pas confirmée. Je ne suis pas Soldat du Christ. C'est inexprimable, inavouable, ma distraction est ridicule. Je n'ai jamais osé le dire en confession, j'avais peur que le curé se moque de moi.

Soldat du Christ, dire que j'avais tellement envie d'être Soldat du Christ.

Je me revois dans l'église, habillée comme une mariée, tout imprégnée par cette foi qui prend le cœur. Mes yeux se lèvent, plus personne, et moi, rouge jusqu'aux doigts de pied à l'intérieur de mes chaussures blanches.

La voiture du père

Quand j'étais petite, j'adorais me glisser par le toit ouvrant de la voiture de mon papa. Pour des raisons de sécurité, il m'avait donné l'autorisation de le faire uniquement lorsque nous arrivions dans l'impasse où nous habitions. Alors, je détachais ma ceinture, grimpais sur le siège et sortais ma tête à l'air libre. Je croyais que tous les voisins étaient impressionnés, je leur faisais coucou en agitant la main façon reine d'Angleterre.

Les champignons

Je suis propriétaire d'une studette de charme, tout équipée, bonne exposition, avec salle d'eau séparée et coin cuisine. Depuis près d'un an maintenant, je la loue (meublée) à une jeune fille qui m'a fait les yeux doux quand elle l'a visitée et qui, dès le lendemain de la signature du bail avec ses parents, s'est mise à m'ignorer ostensiblement. À peine si elle me salue quand on se croise près des boîtes aux lettres (j'habite au rez-de-chaussée, elle au premier étage, on a souvent l'occasion de se croiser).

Un jour, elle était avec une copine dans l'escalier, j'ai regardé par l'œilleton et je les ai vues toutes les deux rire comme des baleines en passant devant ma porte. J'ai serré les dents. Je ne suis pas naïf au point de croire que je lui avais plu lors de la visite, mais tout de même, il y a des limites à l'ingratitude. Je lui ai laissé le studio le vingt-cinq du mois précédant son entrée officielle dans les lieux, n'exigeant en contrepartie aucune compensation financière, et j'ai installé à sa demande et à mes frais un store vénitien car mademoiselle n'aime pas le soleil – pourquoi a-t-elle choisi un studio exposé plein sud, mystère. Ce qui m'agace par-dessus tout, c'est son obstination à passer par ses parents au lieu de me parler directement. Ils me téléphonent et se plaignent de la chasse d'eau des voisins qui réveille leur fille en pleine nuit, pauvre chérie, tout juste s'ils ne me tiennent pas pour responsable de ses crises d'asthme – mademoiselle aurait trouvé des champignons derrière le dressing. Si elle ouvrait plus souvent la fenêtre, on n'en serait pas là. Elle est tombée des nues quand je lui ai dit qu'il fallait aérer quotidiennement, même en hiver, surtout en hiver, et surtout quand on prend des douches chaudes. Tout le monde sait ça, mais pas elle. Le dressing est en toile plastifiée avec une fermeture éclair au milieu, alors évidemment ça condense, je ne vais pas être derrière avec ma chiffonnette après chaque douche pour essuyer le mur. Les parents sont revenus à la charge, ils m'ont menacé d'engager une procédure d'insalubrité auprès de la Mairie, puis la fille elle-même a enfoncé le clou. Je commençais à en avoir ma claque de ses plaintes, alors la veille de Noël, je lui ai coupé l'eau pendant qu'elle se douchait. Juste une valve à fermer dans la cave, un petit mouvement de rien du tout, et elle toute nue pleine de savon, avec le shampoing qui coule dans les yeux. Deux minutes plus tard elle m'appelait au secours, ça m'a bien fait rigoler. Elle était effectivement en train de se laver les cheveux, il fallait qu'elle se prépare pour aller dîner chez ses parents. Je lui ai répondu que je ne comprenais pas, que j'allais passer au plus vite avec un plombier.

Encore dix minutes et je sonnais à sa porte, seul.

Elle était en peignoir, tongs aux pieds, un stylo en guise de barrette et la mousse qui dégoulinait sur le front. Elle a paru surprise de me voir débarquer sans le plombier, j'ai menti : Il arrive, il est en train de se garer. Je suis allé dans le coin douche, j'ai tapoté sur le pommeau et testé le robinet. L'eau a jailli, la locataire a voulu essayer elle-même, ouvert, fermé, ouvert, tout fonctionnait parfaitement. Avant de passer, j'étais descendu à la cave pour remettre l'eau. Elle s'est excusée. Je l'ai joué grand prince, lui disant d'une voix mielleuse que c'était normal à Noël, tout le monde est stressé, elle avait dû tourner le robinet dans le mauvais sens. Je ne suis pas stressée, elle a répondu, qu'est-ce qui vous fait croire que je suis stressée ?

J'ai pris mon téléphone pour soi-disant envoyer un message au plombier, lui expliquant la situation. Nous n'avions plus besoin de ses services. Qu'il ne s'inquiète pas, nous allions le dédommager. J'ai bien insisté sur le *nous*. Ma locataire était pressée de finir sa toilette, il était déjà plus de huit heures, mais elle n'osait pas me mettre à la porte de peur, sans doute, que je lui fasse payer la facture du plombier, elle ne voulait pas me déplaire, alors elle me laissait parler et je parlais, parlais, ça ne vous embête pas si je m'assieds cinq minutes ?

J'ai repoussé les paquets-cadeaux avec leur tonne de bolduc et me suis installé sur le clic-clac. J'ai parlé de l'achat de la studette. J'ai parlé du crédit. J'ai parlé du choix des lambris. J'ai parlé des travaux d'électricité, j'ai parlé des négociations avec les copropriétaires pour récupérer un cagibi qui était sur le palier. Quand j'ai senti qu'elle n'en pouvait plus, j'ai encore parlé. Je lui ai raconté que dans mon enfance j'habitais avec mes parents, ma sœur et mon chat dans un petit deux-pièces au dernier étage. Cet immeuble, c'était toute ma vie. Ma mère à Noël affichait un poster de sapin sur le frigidaire. Un sapin superbement décoré, on n'aurait jamais pu faire aussi bien. Pendant la nuit, elle déposait les cadeaux au pied du frigo.

Tout était vrai, sauf le chat. Je n'ai jamais eu de chat. Ma mère ne voulait pas, à cause des poils.

La locataire m'a demandé ce que c'était comme race. Qu'est-ce que ça peut vous foutre, j'ai répondu et je me suis levé brusquement. Elle a eu ce geste, là, des femmes qui ont peur. La colère est retombée aussitôt, j'ai souri, elle n'a pas insisté. Toute mon enfance, j'ai rêvé d'avoir un siamois. Mon meilleur copain en avait un, chaque fois que j'allais chez lui le chat me sautait sur les genoux, alors qu'il était plutôt sauvage d'habitude.

Je lui ai souhaité un bon réveillon et je suis parti.

Dix minutes plus tard ses talons claquaient dans l'escalier. J'ai pensé que par ce froid elle allait prendre mal avec ses cheveux mouillés. Je suis allé voir du dehors si elle avait laissé la fenêtre ouverte, au moins à l'espagnolette, mais non, la fenêtre était fermée. J'ai râlé, pour la forme. Et pour les champignons. J'ai failli lui écrire un mot que j'aurais glissé sous la porte, et puis j'ai repensé au chat siamois de mon copain, ça m'a calmé. J'ai regardé la télévision. Ma locataire est rentrée vers deux heures du matin, elle a monté les escaliers pieds nus, les chaussures à la main, pour ne pas faire de bruit. Elle devait être un peu pompette. J'ai pensé que c'était quand même chouette de pouvoir dire ça, *ma locataire.* Je vous présente *ma locataire.* Elle a repris une douche, j'ai imaginé que les champignons derrière le dressing allaient être contents, et je me suis endormi.

La moustache

Ma meilleure amie s'appelait Clarisse. Elle avait beaucoup de succès parmi les collégiennes, elle aurait pu être amie avec qui elle voulait, il lui aurait suffi de claquer des doigts, et pourtant, c'est moi qu'elle avait choisie. Sa peau était très blanche avec des taches de rousseur. Son nom lui allait comme un gant. Clarisse, Clarisse... Je trouvais que c'était le plus beau prénom du monde.

On s'était rencontrées le lendemain de la rentrée scolaire, elle m'avait indiqué le chemin du réfectoire, puis, après avoir fait le tour de la salle, était venue poser son plateau contre le mien – ça m'a marquée cette façon de placer son plateau à touche-touche, comme si elle se serrait contre moi par plastique interposé. On avait échangé deux ou trois mots, probablement anodins, je ne me souviens plus. Je lui ai proposé mon cake aux fruits, prétextant que je n'aimais pas les desserts. Elle n'avait pas dit non, ni oui d'ailleurs : elle l'avait pris en soupirant et mangé dans la foulée, très vite, sans me remercier. La cerise confite avait disparu dans sa bouche, depuis nous étions liées. Mes parents regardaient d'un œil attendri notre complicité, je crois que ça les flattait que je puisse attirer une élève d'aussi belle allure. Sa famille habitait une villa près de Saint-Clément, avec une femme de ménage qui venait trois fois par semaine, ce qui me semblait être le comble de la richesse, pourtant c'était toujours moi qui payais quand nous allions au cinéma. Mes parents me donnaient de l'argent pour inviter Clarisse, ils ne voulaient pas que l'on pense que je profitais d'elle. Sur le chemin du retour, nous marchions main dans la main, enfin c'est arrivé deux fois au moins, pendant quelques minutes.

Je nous revois à la piscine, elle, en maillot couleur chair, un maillot une pièce qui la serre un peu. Elle nage toutes les nages, même la brasse papillon, mais elle ne va pas très vite, alors je ralentis pour ne pas lui faire de peine.

Je nous revois sortant de l'eau, cheveux ébouriffés. On rigole en secouant la tête.

Je nous revois nous moquant des garçons qui s'habillent en bermuda. Ça nous éclate, les bermudas, je ne sais plus pourquoi.

Je nous revois assises par terre sous le marronnier dans la cour de récréation, genoux relevés et bras entourant nos jambes, le dos appuyé contre l'écorce. Depuis plusieurs semaines, je veux lui parler d'une chose qui m'encombre terriblement. Je sens que le moment est arrivé, un moment d'abandon lié à la saison, peut-être, à la douceur de l'air. Je lui avoue que je suis très complexée parce que j'ai un duvet sur la lèvre supérieure et, comme je suis très brune, qui est très brun, ce qui me fait...

Ce qui me fait, le mot est difficile à prononcer, j'avale ma salive, ce qui me fait *une petite moustache.*

À ce moment-là, Clarisse a une réaction incroyable. Elle ne s'exclame pas d'un ton faussement surpris : Une moustache, ah bon ? Ou encore : Une moustache, tu ne crois pas que tu exagères un peu ? Non, elle se contente de m'écouter et, après s'être assurée que personne ne vient vers nous, approche son visage de mon visage et sort une langue pointue qu'elle passe tout autour de ma bouche, en suivant la ligne de mes lèvres. Puis elle reprend sa place, le dos contre le tronc du marronnier.

Quand il est l'heure d'aller en cours, je me lève la première et lui tends les bras pour l'aider à se relever. Elle me regarde comme d'habitude, de son air nonchalant, rien n'a changé entre nous, c'est comme si je n'avais rien dit, comme si elle n'avait rien fait.

Mais j'ai dit, et elle a fait. Je me sens libérée d'un poids énorme. Avant de retourner dans la salle de classe, je vais aux toilettes. Je suis émue par ce que je vois dans la glace. Je me trouve jolie. Je touche ma moustache avec mon index, je la caresse à rebrousse-poil et j'en ai des frissons.

Une semaine après l'épisode de la langue, nous sommes tout un groupe de filles assises en cercle dans le parc qui jouxte le collège, et soudain, sans que rien ne l'annonce, Clarisse lance en pointant son index vers mon visage : Ah ben dis donc, mais toi, tu as de la moustache !

J'ai senti mon cœur s'avachir, un gros trou d'air, là, dans ma poitrine. C'était horrible. Cette trahison, et puis cette cruauté, parce qu'elle avait prononcé ces mots avec un grand sourire. Jamais, jamais je n'aurais pensé que l'on puisse être si méchant avec moi... Heureusement les autres filles n'ont pas commenté. Et moi non plus, pas commenté. Je ne me souviens plus si je me suis levée, si j'ai changé de sujet, ou...

Mais non, c'est drôle, ça me revient en vous parlant, je ne me suis pas levée, j'ai répondu. Je me demande comment j'ai pu mettre ça de côté pendant toutes ces années... J'ai répondu à Clarisse : Je m'en fiche, parce qu'une moustache ça me prend deux secondes, si je dois l'enlever, alors que de perdre du poids, ça prend des années.

Et j'ai souri, souri, souri.

Sur toutes les photos d'identité je souriais pas forcément parce que j'étais heureuse, mais parce que j'avais remarqué que quand je souriais on la voyait moins. Je paraissais très joyeuse, du coup, personne ne m'en parlait dans ma famille. Je n'avais pas l'air d'en souffrir, on ne voulait pas mettre le doigt dessus. Le doigt sur la moustache. En vérité, j'en ai souffert jusqu'à la fin de ma scolarité. Je versais de l'eau oxygénée sur un coton que j'appliquais sur les poils, le soir, quand mon frère était couché. Je cachais les cotons usagés dans mes chaussures, je les jetais le matin dans le caniveau, sur le chemin du lycée.

Je l'ai enlevée à dix-huit ans, comme on lève une

barrière pour passer à l'âge adulte. J'étais à Madrid pour une année d'échange, là-bas tout semblait plus simple. Je me souviens de l'odeur de l'huile de noyau d'abricot qu'il fallait mettre après les séances de laser. Ça a duré trois mois quand même, pas deux minutes comme je l'avais imaginé. Je n'avais pas le droit de m'exposer au soleil – ça ne me changeait pas trop, j'avais pris l'habitude avec Clarisse de m'installer à l'ombre. J'aimerais bien savoir quelle femme elle est devenue. Est-ce qu'elle a toujours ses taches de rousseur ? Elle n'était pas si grosse que ça, pas grosse du tout même, ce n'est pas pour la blesser que j'avais sorti cette histoire de régime. Clarisse, Clarisse... Son petit bout de langue, dur comme un crayon, son souffle délicat, sa salive tout autour de mes lèvres, cette sensation de froid quand elle s'est éloignée, et la chaleur dans mon corps.

Le chemin du rêve

Les saisons se mélangent dans mes rêves. Ça peut commencer en hiver et finir en été sans que jamais je n'aie froid ou chaud, la question ne se pose même pas. Je me balade avec des ailes cachées dans le dos, à la moindre occasion elles se déploient et je m'élance dans le ciel. Je ne vois pas la couleur, je la sais, je sais que c'est du bleu derrière le bleu, les mots s'imposent, les nuances, bleu turquoise, bleu lavande, bleu azur, et je vole, je vole ! Quand j'atterris, je perçois l'univers avec mes yeux d'enfant : ma grand-mère est immense, les tabourets trop hauts pour que je puisse m'y asseoir. Quelqu'un souffle en gonflant les joues, mon ventre se creuse, mes mains tremblent comme tremblent les feuilles au passage du vent. Je repars pour une mission : je suis un ange minuscule qui doit aider le monde à se rétablir. Vaste programme, que je n'ai aucun mal à accomplir.

Pour mon anniversaire (je viens d'avoir trente ans), on m'a offert un saut en parachute. Je me demande si je vais retrouver mes sensations d'enfance. Retrouver le chemin du rêve.

Le Mont-de-Vénus

Mon mari et moi, on n'avait jamais couché qu'entre nous. Une soirée un peu trop arrosée nous a poussés à franchir le cap, des voisins au restaurant nous ont entraînés, ils nous ont dit: Vous allez voir, c'est à la bonne franquette. Elle était sympa et lui me plaisait bien, un petit brun, comme ça, avec des yeux qui frisent. Depuis nous sommes de fidèles clients du *Mont-de-Vénus*.

Vous ne connaissez pas *Le Mont-de-Vénus*? Une façade noir et rose, dans la rue du *Saint-Fricot*. Vous ne connaissez pas non plus le *Saint-Fricot*? Je vous le conseille, on y mange très bien, leur blanquette est à tomber, mais nous, quand je dis nous, il s'agit de mon mari et moi, parce que les deux autres, je ne sais pas, nous, finalement, on préfère faire l'amour le ventre vide.

C'est soit le *Saint-Fricot*, soit *Le Mont-de-Vénus (rires)*.

Quand on m'a dit à la médiathèque qu'une romancière recueillait des confidences, j'ai tout de suite pensé à ça. Pas au fait qu'avec mon mari on aime le faire à plusieurs, je ne vois pas qui ça pourrait intéresser, mais j'ai pensé à une anecdote, ou plutôt une émotion, quelque chose que j'ai ressenti un soir au *Mont-de-Vénus*. C'était au début, on ne connaissait pas encore toutes les ficelles, mon mari surtout était intimidé, moi j'avais déjà eu quelques expériences olé olé avant de le rencontrer. Un client est arrivé dans mon dos avec le sexe dressé, la goutte au prépuce, il a lancé d'une voix forte : Haut les mains ! je ne sais pas pourquoi, pour s'amuser, il n'y avait rien de méchant, c'était un haut les mains cordial, sa queue en guise de pistolet, mais mon mari a pris peur, il a voulu me protéger et dès qu'il s'est avancé vers l'homme pour l'inciter à reculer, son sexe s'est dressé à son tour. Il bandait de colère, mais il bandait, comment dire, à fond, une bandaison magnifique, je ne lui avais jamais vu une queue aussi épanouie, et l'autre qui continuait à être excité, un sanguin le type, ça se sentait, il allait lui mettre un pain, alors je me suis faufilée entre eux pour les séparer, j'ai senti leurs peaux très chaudes, j'ai dit que c'était un malentendu, les bras se sont détendus alors que les queues restaient en place. Tout le monde nous regardait, certains se caressaient gentiment, ça aussi c'était excitant. J'étais une cale entre deux meubles, un patin de frein, un tampon en caoutchouc rose épousant les courbes et les creux. Malheureusement le patron de la boîte est intervenu. Il nous a pris à part. Mon mari et l'autre ont débandé en même temps, deux escargots qui rentrent dans leur coquille, parfaitement synchronisés, c'était mignon. Je n'en ai jamais parlé à personne, mais depuis, quand je veux jouir, je pense à ça. À leurs ventres, aux queues dressées et à moi qui me faufile entre les deux corps pour les empêcher de se cogner.

La surprise

L'année dernière, mes petits-enfants ont voulu me faire une surprise. Pendant que j'étais en vacances en Espagne, ils ont repeint ma chambre et le cabinet de toilette attenant.

Un jaune, mais alors jaune…

Ils étaient là tous les trois pour m'accueillir le samedi de mon retour. Une belle brochette à la sortie du car, vingt-trois, dix-neuf et dix-sept ans. À la maison, l'odeur de peinture m'a sauté au nez. L'odeur de la peinture sans odeur, la sournoise, celle qui vous intoxique sans prévenir. Je suis restée sur le seuil, pétrifiée, comme si une force invisible m'empêchait d'avancer. Mes petits-enfants se sont agglutinés derrière moi, je sentais leur peau acide, leur impatience de bébé. J'avais envie de me trouver mal pour ne pas avoir à les remercier, je me suis accrochée au chambranle, mais rien ne venait, pas le moindre vertige, et j'ai dû les embrasser tous les trois en poussant des *oh!* et des *ah!*

Un jaune paille, comment dire, poussin. Quelle idée.

Ils avaient l'air tellement contents de me faire plaisir, les pauvres.

La chaînette

Je n'ai volé qu'une seule fois dans ma vie, à une seule personne, je n'ai même pas l'excuse d'être cleptomane. Cette personne, je la connaissais bien, c'était une amie. J'ai vu sa chaînette en or dans la salle de bains, je l'ai prise. Quelqu'un d'autre a été accusé. Quelqu'un d'autre qui s'est défendu – il s'agissait de la nounou qui gardait les deux enfants de la famille. Elle habitait la chambre de service au sixième étage, corvéable à merci, c'était pratique pour tout le monde, enfin surtout pour mon amie.

Mon amie lui a suggéré de rendre le collier, elle comprenait bien qu'elle ait pu être tentée, elle lui promit de ne pas le dire aux enfants. La nounou a pris la mouche, j'étais là quand elle a cassé le vase. J'ai aidé à ramasser les tulipes, il y avait de l'eau partout. La nounou ne me quittait pas du regard. Me soupçonnait-elle ? Je suis allée à la cuisine avec les tulipes et j'ai coupé la partie gluante des tiges avec le grand couteau à viande. La nounou est montée sur un tabouret pour chercher un autre vase dans le placard. Je voyais ses chevilles trembler. Je n'ai pas eu le courage de me dénoncer mais, dès que j'ai pu, j'ai glissé la chaînette dans la pochette intérieure de son sac à main. Quand la nounou a déclaré qu'elle avait retrouvé le bijou dans son sac, que c'était incompréhensible, mon amie l'a dévisagée d'un air méprisant, puis elle a lâché : C'est ça, c'est ça.

C'est ça, c'est ça, comme une cisaille.

Je me souviens du ton de sa voix, je pourrais reproduire les notes, le *c'est* perché, le *ça* plus grave. Je me souviens de la main de la nounou tenant le collier. J'ai en mémoire tous les détails, jusqu'à la caricature. Je portais un chemisier à carreaux, mon amie était en pantalon corsaire avec un nœud de tissu sur le côté. Le nœud de gauche était dénoué, la bride battait contre sa jambe, je vous fais grâce de la description des vêtements des enfants. La nounou est allée prendre ses affaires dans sa chambre et elle s'est enfuie sans même demander sa paye, ce qui était bien la preuve, d'après mon amie, de sa culpabilité.

Je la revois traînant sa grosse valise dans la rue. Ça grinçait, il avait plu. Les enfants sont venus me rejoindre à la fenêtre, ils étaient très attachés à cette femme et ne comprenaient pas pourquoi elle partait. Le soir, mon amie leur a raconté que la nounou était devenue folle.

Peu après, un vague cousin était venu récupérer le reste de ses affaires et rendre les clés.

J'ai toujours pensé que si j'écrivais un jour, j'écrirais ça. Mais je n'écrirai pas. Je vous donne tout en vrac, le pantalon corsaire, le gluant des tulipes, la chaînette dans la poche et le bruit des roulettes sur le pavé mouillé. J'espère que vous avez des confidences moins sinistres, parce que si elles sont toutes du même acabit que la mienne, vous n'allez pas vendre beaucoup de livres.

L'amputation

Dernière confidence de la semaine. Elle me dit en entrant que les plantes vertes lui rappellent de mauvais souvenirs, les pots, les plantes en pots, le côté enfermé de la chose, pourtant elle restera longtemps sous le philodendron, beaucoup plus longtemps que les autres confidents. J'ai l'impression de connaître sa voix. Elle me fait penser à Léa, mon amie d'enfance.

La femme, jeune femme, porte des bracelets qui s'entrechoquent, comme pour rivaliser avec son vacarme intérieur. J'ai placé le bandeau un peu vite, et je vois de l'œil gauche un croissant de lumière dans lequel vient s'inscrire un tout petit peu d'elle. Pas assez pour dire à quoi elle ressemble, juste trop pour ne pas me troubler. Je profite d'un moment où elle bouge sur sa chaise pour remettre le bandeau. Entre dix-neuf et vingt et un ans, me raconte-t-elle en cherchant ses mots, elle s'est prostituée pour soi-disant subventionner ses études. Elle ne voulait plus dépendre de ses parents, de son père surtout. En fait de se payer des études, corrige-t-elle, l'argent, elle le tuait n'importe comment.

Grincement de chaise. Tuer le temps, je connais, mais tuer l'argent, c'est la première fois que j'entends l'expression. Je lui demande ce qu'elle veut dire exactement. J'achetais des vêtements hors de prix, m'explique-t-elle, des chaussures importables, des téléphones, des livres et encore des livres, je changeais de coiffure plusieurs fois par semaine, je me suis cramé les cheveux avec les teintures (ses bracelets cliquettent, sans doute relève-t-elle une mèche, je ne sais pas pourquoi, je l'imagine avec des cheveux longs).

Je n'étais pas toute seule dans ce cas à la fac, poursuit-elle, nous étions une poignée à nous prostituer sur les bords, comme si ce genre de travail pouvait se faire *sur les bords*. Quand un homme vous rentre dedans, il est dedans, jamais sur les bords. On le savait, on ne voulait pas le savoir. On se disait que servir huit heures dans un fast-food était plus humiliant et surtout plus fatigant que de pratiquer une fellation.

Et au moins en sortant du boulot, on ne sentait pas la frite.

On s'inventait aussi toutes sortes d'alibis d'inspiration féministe. Nous, les filles, on valait mieux que des mains au cul dans le RER. Mieux que des insultes quand on refusait de répondre aux mecs qui nous sifflaient dans la rue. Nous allions prendre notre revanche. C'était à notre tour d'encaisser, mais dans l'autre sens du terme. Encaisser de l'argent.

Les faire raquer *(cliquetis de bracelets)*.

Comment ça a commencé ? Un copain m'a demandé de m'occuper d'un de ses amis. J'ai refusé, il a insisté gentiment, si je l'aimais je pouvais bien coucher avec

66

son pote. Quand j'ai compris que nous allions recevoir de l'argent en échange, j'ai trouvé ça cool. J'avais dans la tête cette petite phrase taguée sur la porte des toilettes de mon département. Tu n'as pas de bourse pour faire tes études? Prends une queue, ça paye mieux *(cliquetis de bracelets)*.

J'étais d'accord, personne ne m'a forcée.

Ça a recommencé avec un autre pote, et encore un autre, c'est incroyable ce que mon copain avait comme potes qui avaient besoin d'être consolés. Au lit, il y avait des choses que je n'avais pas envie de faire, je le disais, on m'écoutait, j'avais l'impression d'être respectée. Tout avait son tarif, c'était rassurant, comme si on jouait à madame la marchande, sauf que la marchandise, c'était moi. Mon copain tenait la caisse, je ne recevais pas l'argent directement, mais il me payait tout ce que je voulais, il suffisait que je demande. Parfois, je retrouvais des billets dans mes poches, c'était en prime, pour le plaisir. En contrepartie, je devais garder mon portable allumé vingt-quatre heures sur vingt-quatre, même quand je dormais il fallait que je sois joignable. Prendre la pilule vingt-huit jours sur vingt-huit, pour ne pas avoir mes règles. Être épilée, toujours tirée à quatre épingles.

Au cordeau.

Mon ami m'a frappée une nuit parce que j'étais fatiguée et que j'avais refusé un appel. Il est revenu le lendemain avec une brassée de roses. Nous avons fait l'amour comme des rois, et ça a recommencé. Jusqu'au jour où il est tombé amoureux d'une autre fille. Il s'est mis en couple avec elle, mais il voulait quand même me garder. Il me menaçait, je n'osais rien dire parce que j'avais l'impression que l'autre, ça n'allait pas durer. Il me tenait aussi avec la coke. Un soir, le corps a lâché. J'ai fait un malaise dans la rue, des passants ont appelé le SAMU, j'ai été hospitalisée. Ma mère m'a récupérée chez elle.

Au bout de trois mois en famille, je ne tenais plus. La vie normale m'exaspérait, j'ai essayé de recontacter mon copain, j'étais encore amoureuse, il avait déménagé – ses voisins prétendaient qu'il avait été arrêté. À la rentrée suivante, je suis partie en Belgique sous prétexte de faire ma première année de médecine. Devant la fac, il y avait un camion stationné avec une grande publicité pour un site mettant en contact *Sugar daddies et Sugar babies*, papas gâteaux et bébés en sucre. J'ai recommencé par le site d'abord, puis seule, à mon compte. La prostitution, la coke, d'autres choses encore dont je n'ai pas envie de parler.

Depuis, j'ai changé de ville, changé d'esprit, de nom, de style, j'ai changé de tout, même de visage – je me suis fait creuser des fossettes, j'avais toujours rêvé d'en avoir. Six mois plus tard, le nez a suivi. L'opération a coûté bonbon, mais je crois que j'y ai gagné. J'ai brûlé toutes les photos d'avant. Les gens que je fréquente aujourd'hui ne connaissent pas mon passé, je n'ai jamais voulu aborder le sujet avec mon compagnon, mais à l'époque où je me prostituais, ça ne me gênait pas d'en parler. Je prétendais que depuis que j'avais commencé je me sentais nettement mieux dans mon corps. J'étais très complexée quand j'étais jeune, coincée de partout, encombrée de moi-même. Je m'encombrais, j'étais encombrante, je me trouvais trop grosse, mais quand on se prostitue, il vaut mieux en avoir trop que pas assez.

Des seins, je parle des seins. Bonnet D.

Eux aussi ont failli passer à la chirurgie, heureusement, au dernier moment, j'ai décommandé. Ça me faisait mal de les imaginer partir à la poubelle, parce que c'est ce qu'ils font à la clinique, paraît-il, les morceaux qu'ils enlèvent finissent avec les organes et les membres coupés. Après ils sont incinérés. Les cendres servent de remblais.

Pourtant la poitrine, je n'ai pas que des bons souvenirs.

Si je pouvais, je me présentais de dos aux clients, comme ça, je n'étais pas obligée de montrer mon visage. Je me mettais à quatre pattes, je les regardais avec mon cul, excusez la vulgarité – il est là, l'œil du cyclope, pas au milieu du front. Même si je prétendais le contraire, je ne me suis jamais habituée à me faire baiser par des inconnus, jusqu'à la fin, jusqu'au dernier, jamais. Je me revois debout devant le lavabo, me rinçant la bouche après leur départ… J'avais souvent des abcès dentaires, pourtant évidemment je ne suçais jamais sans capote, si ça se trouve j'étais allergique au latex. J'avais les muqueuses détruites, et tout ce qui allait avec. Les idées noires, les mycoses, les hémorroïdes, le dégoût de moi-même.

Mon dernier client ? Bien sûr que je m'en souviens, on n'oublie pas ce genre de chose. Il s'agit d'un type qui m'a fait le coup du portefeuille oublié chez lui, et chez lui évidemment c'était trop loin pour qu'il aille le chercher. Il n'avait que quelques pièces dans les poches, j'ai pété les plombs. Je lui ai balancé un cendrier au visage. Je ne me reconnaissais pas. Il était maigrichon avec des implants, je me suis jetée sur lui, je l'ai tabassé, il a pris pour les autres. Il n'a même pas essayé de se défendre, il mettait juste ses bras devant son visage et poussait des gémissements. J'ai arrêté la prostitution. Net. Ce type, quand je tapais dessus, je l'aurais tué. Je ne savais pas que j'étais capable d'une telle violence. Ça m'a vaccinée.

Ce que j'ai fait après pour gagner ma vie ? Rien, je n'étais capable de rien faire. J'ai revendu ce que j'ai pu revendre, les sacs de marque, les fringues, les bijoux, les téléphones, puis quand je n'ai plus rien eu à revendre je me suis de nouveau tournée vers mes parents. Ils m'ont aidée financièrement, j'ai repris mes études peu à peu, j'ai suivi une thérapie, j'ai maintenant un travail, enfin mieux qu'un travail, un métier.

On lit souvent que les personnes qui se prostituent ont eu des jeunesses difficiles, que ce sont des enfants battus ou abusés. Ce n'est pas mon cas, loin de là, j'ai toujours été bien traitée.

Je vais vous parler de mes parents, puisqu'il s'agit de parler de soi, ici. Mon père n'est pas un violeur, il n'a jamais eu de geste déplacé, ne m'a jamais frappée, même pas donné une fessée quand je le méritais. C'était un homme tranquille et cultivé, qui formait avec sa femme (ma mère) un couple exemplaire. Il parlait d'elle comme de son bien le plus précieux. Elle faisait partie de lui, de son corps, comme un bras ou une jambe.

Quand ma mère l'a quitté, il a parlé d'amputation. C'est le mot qui revenait toujours, *amputation.*

Mon père s'est mis au lit, j'avais seize ans, je devais lui apporter à manger sur un plateau, il touchait à peine à son assiette, ça a duré plusieurs mois comme ça et tout le monde dans son entourage était d'accord pour traiter sa femme (ma mère) de pute, parce qu'elle était partie avec un autre homme. Les mois passant, les rapports se sont adoucis, ma mère est revenue me rendre visite, elle m'a même prise pendant les week-ends et les vacances, mais moi, je ne la voyais pas autrement que comme une jambe ou un bras amputé. Ou *em-putée,* avec un *e,* comme on dirait *empaillée* ou *ensorcelée.* C'est drôle, je n'avais jamais fait le rapprochement entre les deux mots. Ma mère et mon beau-père ont eu des jumelles, mes demi-sœurs. J'espère que je pourrai leur parler un jour comme je vous parle. Elles ressemblent beaucoup à leur mère, notre mère. J'ai l'impression quand je les regarde de me revoir à l'âge où je me prostituais. Deux jeunes filles avec de gros seins et un paquet de lumière dans les yeux.

CONFIDENCES REÇUES SUR LE SITE (1)

28 septembre 22:14

Depuis que j'ai ressenti dans mon ventre, compris organiquement que ma mort imminente était confirmée, tout va pour le mieux et j'écoute chaque soir le deuxième mouvement du *Concerto en fa* pour piano et orchestre de George Gershwin.

29 septembre 15:04

Tomber amoureuse d'un homme bien plus jeune… L'aimer mais ne pas oser faire de projets avec lui de peur de lui couper les ailes de sa jeunesse.

29 septembre 19:45

Mon père transpirait beaucoup, ça marquait son polo. J'avais honte de ses auréoles quand il venait me chercher à l'école, et cette honte faisant tache d'huile, c'est le tissu du langage tout entier qui s'en trouvait contaminé. En présence de mon père, je me mettais à bégayer, comme pour lancer un brouillard qui masquerait la sueur. Le mot *auréole* me troublait particulièrement – aujourd'hui encore je me demande si c'est bien le même terme que l'on utilise pour désigner le cercle qui entoure la tête des saints. À moins qu'il ne s'agisse d'aréoles (je viens de vérifier dans le dictionnaire, *auréoles* pour les saints, *aréoles* pour les seins).

1ᵉʳ octobre 23:56

Le premier garçon que j'ai embrassé, c'était une fille.

3 octobre 14:12

Je sors avec mon beau-frère depuis un an. Je sais que mon mari est au courant, mais je ne sais pas s'il sait que je sais qu'il le sait. Mon beau-frère ne me plaît pas vraiment, juste une affaire de sexe.

5 octobre 11:18

J'avais sept ou huit ans, pendant les vacances de Noël. Ma tante a décidé de nous emmener, mes deux frères, ma sœur et moi, voir *La Petite Sirène* au cinéma. Je l'avais vu quelques jours avant avec l'école, mais j'étais très excitée à l'idée d'y retourner en famille. Ma grand-mère aussi voulait venir. Problème : pas assez de place dans la voiture. Je revois ma grand-mère se tourner vers moi, puis vers ma tante, et lancer en faisant semblant de baisser la voix : Quoi qu'il en soit, y en a une de trop dans cette famille ! Alors, c'est comme si le peu d'amour que j'avais pour cette femme, le petit peu que j'avais sauvé, s'évaporait d'un coup. J'avais dix-huit mois quand j'ai été adoptée. J'ai été élevée avec cette phrase, peut-être un peu trop souvent répétée : il n'y a pas de différence. Pas de différence.

5 octobre 23:09

Je suis psychanalyste, et c'est avec l'accord de ma patiente que j'enfreins le secret professionnel. Il y a quelques années, elle a hérité de votre numéro de téléphone portable. Elle recevait des messages et des SMS qui vous étaient adressés, et chaque fois, elle m'en parlait en séance. C'était comme une deuxième vie pour elle. Elle vous a contactée par votre éditeur je crois, pour vous transmettre un message vocal qui avait l'air plus urgent que les autres. Une femme vous déclarait son amour. Sa voix avait beaucoup frappé ma patiente, son absolue sincérité. Elle aimerait bien savoir si finalement vous vous êtes aimées.

9 octobre 17:37

C'était le premier homme de ma vie, j'avais dix ans, je rapportais du pain, la cinquième marche de l'escalier à jamais. Je ne lui en veux pas, il était en déchéance. Je l'ai jeté dans la poubelle un samedi.

11 octobre 12:15

Je suis musulmane, et chez nous, on ne confesse pas ses péchés, petits ou grands, auprès de quelqu'un. Personne n'a le droit de vous absoudre, seul le Dieu créateur est capable de vous entendre. Il n'y a pas d'intermédiaire, pas d'arrangement entre les humains. Alors un jour, je n'avais pas la conscience tranquille, je suis allée me confesser dans une église. Le curé a été très compréhensif, je lui ai exposé mon péché, il m'a donné les prières qu'il fallait réciter, et ainsi de suite. Je me demande comment il fait quand un criminel vient avouer sa faute. Je n'ai pas osé lui poser la question.

15 octobre 11:03

Mon père m'a tirée par le bras, il m'a montré une clé, et il m'a dit : Tu vois, cette clé, c'est celle de la femme que je vais baiser en sortant du boulot.

21 octobre 00:23

Cette nuit, quand il sera trois heures, il sera deux heures. L'idée que tout pourrait s'arrêter me soulage.

30 octobre 17:02

Il y a quelques années, j'ai séjourné à Amsterdam pour le travail, et par curiosité, par envie, par ennui peut-être, je me suis procuré un objet sexuel. J'ai joué avec lui un certain temps, mais je me suis très vite dégoûtée. Je nous trouvais ridicules. J'ai donc décidé de le cacher loin, là où je pourrais peut-être l'oublier. Il est aujourd'hui renié dans un placard au fin fond de ma maison et j'espère ne jamais le revoir.

1er novembre 19:30

J'ai pris l'habitude de péter dans l'autobus. J'aime l'odeur. S'il y a le choix au self, je prends chou, légumes secs, rutabagas. Je ne parle pas beaucoup, j'exprime des gaz comme d'autres expriment des idées. J'enfume mon monde. Ça me soulage. Ça m'illumine.

Nevers

Coup de sonnette, appuyer sur le bouton gris de l'interphone, donner l'étage, le numéro de l'appartement, vérifier que la porte est bien entrouverte, aller s'asseoir, placer le bandeau, l'ajuster soigneusement – d'une semaine à l'autre, le rituel se répète, et mon intuition se confirme : les yeux bandés, les mots ont une autre saveur. Ce n'est pas une formule, c'est vraiment ce que je ressens, comme si les autres sens, dont celui du goût, prenaient la relève. Ce moment où le confident arrive est toujours une surprise. Il y a ceux qui doutent, qui n'osent pas, et ceux qui viennent directement se placer en face de moi. La femme qui entre ce jour-là tarde à s'installer. J'entends le parquet craquer. Je n'aime pas l'idée qu'elle aille visiter les autres pièces. Je vais l'appeler, quand sa voix rauque me fait sursauter. Elle s'approche de moi. Un souffle sur ma peau, une odeur de tabac… je comprends qu'elle cherche à vérifier l'opacité du bandeau.

Vous ne voyez rien, vraiment rien derrière votre truc ?

Je me concentre pour rester parfaitement immobile. Chaise qui glisse, la femme est assise maintenant. Je lui rappelle les règles du jeu et lui demande si elle est toujours d'accord pour participer – oui, toujours d'accord. Il y a un silence. La femme semble réfléchir. Nous avons un point commun, commence-t-elle enfin.

Je me demande si elle aussi a les yeux bandés, ou si elle est aveugle, comme la cliente du *Bonheur des Fruits*, mais non, notre point commun se situe ailleurs.

Je suis romancière, murmure-t-elle, mesurant son effet.

Nous ne nous connaissons pas personnellement, poursuit-elle, devançant ma question, nous nous sommes simplement croisées au Salon du livre de Nevers. Nous avons échangé quelques mots, mais vous étiez assez sauvage à l'époque, ou timide peut-être. Quand j'ai voulu terminer ma phrase vous n'étiez plus là.

À Nevers ? Je ne suis jamais allée à Nevers.

Jamais ? *Never* ? Alors c'était à Moulins.

Moulins…

Ou Bourges, vous êtes déjà allée au Salon du livre de Bourges, non ?

Je ne savais pas qu'il y avait…

J'ai entendu parler de votre projet de confidences par ma sœur qui habite dans la région. Au départ, j'ai pris rendez-vous par simple curiosité, je n'avais rien de spécial en tête à vous raconter, mais depuis que je sais que je vais venir ici, les souvenirs ont resurgi, et les confidences potentielles se sont accumulées. Il a fallu en sélectionner une parmi toutes, et c'est peut-être ça le plus curieux, ce chemin mental qui nous conduit à vous confier telle ou telle partie de sa vie. Jusqu'au dernier moment j'ai hésité, jusqu'à ce matin, même dans la voiture j'hésitais encore. J'ai finalement choisi de vous parler d'une chose qui me touche aujourd'hui très directement.

La romancière se tait, je l'entends déglutir, elle boit une gorgée d'eau peut-être, elle a sa petite bouteille dans son sac, ou une importante production de salive. Ou alors elle suçote une pastille à la nicotine – elle aurait bien allumé une cigarette, mais il n'y a pas de cendrier sur la table.

Ça a commencé il y a quatre ans et demi, reprend-elle, je sortais d'une sale rupture, j'étais seule depuis presque deux ans. Seule le matin, seule le soir, entre les deux, seule à ma table de travail... Au début, j'ai apprécié la liberté que me donnait le fait de ne pas être engagée avec quelqu'un, de pouvoir travailler n'importe quand, la nuit surtout, de manger sur le pouce, debout dans la cuisine, du fromage et du pain, et le lendemain encore, du fromage et du pain, mais à la longue, ne pas avoir d'homme dans ma vie devenait insupportable. Il fallait absolument que je me trouve quelqu'un, comme disait ma mère. Je venais de fêter mes cinquante ans. Il était temps. *Encore temps*, aurait corrigé ma mère. Je me suis mise à l'affût des rares messieurs qui pouvaient ne pas être trop mariés ou même célibataires, tant qu'à rêver, autant rêver grand. À l'affût volontaire, je veux dire, à la recherche, activement. J'ai passé quelques mois assez exaltants avec des hommes pris, des hommes libres, des hommes qui me plaisaient mais à qui manifestement je ne plaisais pas et des hommes à qui je plaisais mais qui ne me disaient rien. Au bout d'un an de cabotage, de hauts, de bas, de *peut-être* et de finalement *non*, j'ai lâché l'affaire, comme on lâche l'apprentissage d'un sport, parce qu'il n'est pas pour vous. Parce que vous souffrez trop. En vérité, j'avais une certaine endurance, mais je n'étais plus assez souple d'esprit, plus assez insouciante, plus assez rien. Je me disais pour me consoler que c'était aussi bien de n'avoir rencontré personne, ainsi je pourrais me consacrer tout entière à ce qui donnait depuis toujours un sens à ma vie.

Je me suis mise à mon bureau et j'ai recommencé à écrire. Fromage, pain. Pain, fromage. J'ai raconté la première, la deuxième, la troisième rencontre. Je changeais ce qu'il fallait pour qu'on ne puisse pas identifier les protagonistes, mais il y avait des détails, évidemment, des attitudes, des anecdotes… les mettre de côté aurait dénaturé le récit. Ça a donné un roman où chaque chapitre évoquait une histoire d'amour qui n'avait pas marché. Un fiasco, une fuite, parfois ça partait très fort et ça se dégonflait en route comme un pneu crevé, parfois c'était plus subtil, et plus triste aussi, il y avait de l'envie, mais pas assez de désir, ou alors du désir, mais en dehors du lit aucune volonté de s'engager.

Je me suis régalée à écrire, je n'ai plus pensé aux hommes, enfin, aux hommes en chair et en os.

Un an plus tard, le manuscrit était sur ma table, soigneusement relu. Je ne pouvais pas le publier sous mon propre nom, c'était impossible. Ou si, bien sûr, c'était possible, mais ce n'aurait pas été moi. Mes livres ne s'appuient jamais directement sur des faits auto-biographiques. Je ne supporte pas l'idée que des étrangers entrent de plain-pied dans ma vie intime, alors j'ai décidé de publier ce texte, ce roman, ce...

J'ai décidé de le publier sous pseudo, chez un autre éditeur que mon éditeur habituel, quelqu'un de confiance, mais quand je lui ai téléphoné pour lui parler de mon projet, il était en voyage à l'étranger. J'ai demandé quand il serait de retour. Dix jours, il fallait attendre dix jours.

Dix jours, ça me semblait le bout du monde. Et voilà que le lendemain du coup de fil, dans des circonstances un peu spéciales, des circonstances, pour résumer, assez fortes émotionnellement, je retrouve par hasard le dernier chapitre, ou plutôt l'homme dont j'avais parlé dans le dernier chapitre, Nicolas.

Le Nicolas en question ne semblait pas vouloir avancer, il ne disait pas non, mais ne disait pas oui, il restait indécis pour des raisons que j'ignorais parce que apparemment on s'entendait bien, il était libre, tout pour que ça marche. Et rien ne se passait. Dans le livre, j'avais laissé la porte entrouverte, même si je n'y croyais pas vraiment. J'avais envie de finir sur une touche d'espoir – on a pour le lecteur des politesses que l'on n'a pas pour soi-même. Je dois avouer que globalement c'était assez désespérant mon affaire, l'épopée de cette femme qui prenait sa vie en main et courait de déception en déception, comme un strip-tease des sentiments, mais à l'envers. Et pas seulement des sentiments. Mon décolleté, plongeant au début, se faisait de plus en plus sage à mesure que le temps s'écoulait. Je perdais confiance en moi-même, pas forcément parce que je me trouvais moche, mais parce que je me sentais incapable d'aimer la plupart des hommes que je rencontrais. J'avais fini en col roulé, je ne me maquillais plus, ne me coiffais plus.

Ça, ce que je viens de vous dire là, c'était le livre. Dans la vraie vie, si une telle chose existe, et pour en revenir à Nicolas, le lendemain de nos retrouvailles, je suis prise d'une sorte de hoquet mental, et je lui envoie par mail un ultimatum en lui proposant de l'inviter à dîner au premier étage de la tour Eiffel. Je ne sais pas pourquoi j'avais choisi ce lieu, c'était stupide, sans doute pour marquer le coup, et puis ça m'aurait donné l'occasion de m'habiller, de me maquiller et de lui présenter un visage qu'il ne connaissait pas encore. Je terminais le message en lui disant que si je n'avais pas de réponse dans la semaine, je considérerais que ce n'était plus la peine d'essayer de prolonger cette relation.

Et ce qui devait arriver arriva, dans la ligne droite des autres rencontres. Pas de réponse pendant huit jours *(rires)*. Je m'en voulais. J'étais pathétique. J'avais tout cassé avec mon rendez-vous à la tour Eiffel.

Le neuvième jour, coup de théâtre : j'étais sur le point de rappeler l'éditeur quand je reçois un message de Nicolas s'excusant de ne pas avoir répondu plus tôt. Il sortait d'un séjour à l'hôpital, rien de grave, mais il n'avait pas eu accès à Internet et venait seulement de lire mon message. Il m'invitait chez lui à la campagne

le samedi suivant – je ne savais pas qu'il avait une maison à la campagne, c'était toute une partie de sa vie
que je découvrais. L'endroit était féerique, en lisière
de forêt. La journée m'a paru un peu bizarre, très sym-
pathique, mais le monsieur ne m'envoyait aucun signe
et ne semblait pas capter les miens, j'aurais pu être sa
sœur, sa cousine, une bonne copine, il ne se serait pas
comporté autrement. En fin de soirée, quand même,
il s'est décidé à me prendre dans ses bras – il m'a proposé de dormir chez lui, dans sa cabane comme il l'appelait.

Il s'est trouvé que ça a été génial. Je me suis sentie
immédiatement heureuse. Une belle histoire d'amour
a commencé. Une belle histoire qui continue aujour-
d'hui.

Seule ombre au tableau : je n'ai jamais osé lui parler
du livre.

Vous me demandez pourquoi. Parce que j'avais peur,
et j'ai toujours peur qu'il se sente humilié en découvrant que j'avais cherché un homme, de façon quasi
professionnelle, et que le choix était tombé sur lui un
peu par hasard. Il pourrait se voir comme le dernier,
le pis-aller, le faute de mieux. Ce qui objectivement de
l'extérieur, du point de vue du lecteur, semblait être
le cas – moi en Diane chasseresse, cynique et détermi-
née, et lui dans le rôle de la bête de proie. Même si
j'ai totalement confiance en lui, que je sais que notre
bonheur à être ensemble est partagé, je n'ai pas envie
de lui insuffler des doutes. Pas envie de le perdre. C'est
bon d'avoir quelqu'un avec qui on peut tout partager.

Tout, sauf une petite chose. Cette petite chose que je suis venue vous confier.

Enfin petite, petite… Un livre, tout de même… Vous êtes bien placée pour savoir ce que ça représente pour un écrivain que de terminer un livre et de le mettre dans un tiroir. C'est comme si toutes les phrases, toutes les heures passées à écrire s'accumulaient dans un coin de l'estomac. La nuit, ça pèse. J'aimerais tellement le donner à lire, ce livre, parfois cette idée m'empêche de dormir, il faut que je trouve une solution. Je pourrais ajouter un épilogue… Raconter que je suis venue vous voir, par exemple, et que vous m'avez encouragée à le publier…

Très sincèrement, qu'est-ce que vous feriez à ma place ?

Ou alors je vous le confie. Une grosse, très grosse confidence sous forme de manuscrit… Vous accepteriez ? Je vous laisserais toute liberté de le réécrire à votre façon et de le signer, on partagerait les droits d'auteur, ce serait notre secret.

Vous êtes comme le Nicolas du dernier chapitre, vous ne dites pas oui, vous ne dites pas non. Vous vous demandez qui je suis. Vous n'avez pas encore trouvé ? Nevers, Bourges, Moulins… Ce n'est peut-être pas une mauvaise idée, ce livre à quatre mains, il me semble que l'association de nos plumes donnerait quelque chose d'intéressant…

Le timbre de la sonnette interrompit la conversation. Le prochain visiteur s'annonçait, il était en avance, je laissai la romancière partir, la romancière qui semblait

très excitée par notre projet commun. La balle, disait-
elle, était dans mon camp[1].

1. La proposition a fait du chemin, j'aimerais donner ma réponse,
mais à qui ? J'ai eu beau chercher dans ma mémoire, le mystère reste
entier. Cette année, j'ai accepté une invitation au festival littéraire de
Nevers dans l'espoir de résoudre l'énigme. La Loire me disait quelque
chose, mais la Loire dit toujours quelque chose, même quand on la voit
pour la première fois. Souvent, les mots de la romancière me reviennent
à l'esprit, sa voix rauque de fumeuse, comme la musique d'un film à
tourner. *Vous ne voyez vraiment rien derrière ce truc ? Et vous, qu'est-ce que
vous feriez à ma place ?*

L'inconnu

Il évoque ce souvenir comme il raconterait un rêve, au présent, sans fioriture, et encore aujourd'hui je me demande s'il ne s'agit pas effectivement d'un rêve. Il y a pourtant quelques détails qui me font penser que tout cela est bien réel. Comme on dit de certaines choses : ça ne s'invente pas.

Un inconnu d'une cinquantaine d'années, commence-t-il, est debout devant le stand de tir avec un gros nounours dans les bras. Nous avons la même couleur de peau. Le même nez. La même forme de bouche. Son regard très bleu se pose sur moi, et c'est de l'eau qui coule sur mes épaules, le long de mon dos, de mes cuisses, de mes mollets.

L'inconnu me paye un cornet de frites. La peluche est pour moi, même si j'ai passé l'âge.

Il me demande : Tu sais qui je suis ?

Maman nous interrompt. Elle me dit quelque chose que je n'entends pas bien, il y a trop de bruit, elle est émue. Elle prononce le mot *père*. Elle me pousse vers l'homme, il se baisse à mon niveau et me serre dans ses bras.

Devant la caisse du train fantôme, ma mère et l'inconnu se parlent longuement dans une langue étrangère, je ne comprends pas leur conversation, mais je sais que c'est du hongrois. Je reconnais la musique de la langue, celle que chante Pál Szécsi, un des chanteurs préférés de maman. La fête bat son plein, ma mère hausse le ton, l'homme se défend, on m'envoie aux autos tamponneuses avec de l'argent pour cinq tours. Je ne me fais pas prier, j'achète cinq jetons, on m'en donne un sixième. Je m'installe dans la voiture avec la peluche.

L'inconnu disparaît, je n'ose pas poser de question.

Dix ans plus tard, l'ours est de nouveau assis à côté de moi dans une voiture, une vraie voiture cette fois, que j'ai achetée avec mon salaire. Je le conduis chez Emmaüs. Je viens d'apprendre que cet homme bien habillé n'était pas mon père, mais le père de ma mère. Il l'a reconnue, mais ne s'est jamais occupé d'elle.

L'ours m'a suivi dans tous nos déménagements, mais maintenant il m'encombre. Il m'embarrasse. Chez Emmaüs, on me dit qu'ils ne prennent plus les peluches, ils en ont trop. Alors je l'abandonne sur le bord de la route, attaché à un poteau.

Il est toujours là, dans ma tête. Adossé à son poteau, avec une ficelle autour du ventre pour ne pas qu'il tombe.

J'ai pensé que cette histoire vous intéresserait, elle ressemble à ce que vous écrivez dans vos romans. L'homme qui revient, la fête foraine et cette chanson hongroise que ma mère chantait tout le temps…

Le chaudron

Chaque premier mercredi du mois, à la fin du catéchisme, le père Joaquin nous distribuait des feuilles de papier quadrillé bleu ciel. On devait y inscrire nos péchés. Tous nos péchés. Il ne fallait rien oublier, rien laisser de côté, pas un geste, pas une pensée vicieuse ou simplement déplacée, sous peine de finir nos jours en enfer.

Il n'était pas question de noter deux ou trois mots à la va-vite, nous étions tenus d'entrer dans les détails, sinon la confession, prévenait le père en roulant des yeux, serait invalide. Un acte anodin pouvait receler de multiples fautes. Par exemple un larcin (il n'utilisait jamais le mot *vol*, mais le mot *larcin*) était souvent motivé par l'envie ou la gourmandise, et s'accompagnait nécessairement de plusieurs mensonges. Il s'agissait donc de traquer les péchés derrière les péchés et, sans complaisance, de les déployer en éventail comme on écarte les orteils pour se laver les pieds.

Je me revois, assise dans un coin de la salle, me creusant la tête pour remplir la page. Au besoin en inventant. Les feuilles bleues noircies étaient conservées à l'aumônerie et, une fois par trimestre, juste avant les vacances, brûlées dans un grand récipient de terre qui ressemblait à un chaudron. Le père Joaquin, resplendissant dans sa soutane de cérémonie, nous plaçait en cercle autour du foyer, à genoux et mains jointes. Après lecture des péchés, il prenait les confessions une à une entre son pouce et son index et les présentait au-dessus des flammes. Le papier devenait marron, puis gris, l'encre continuait à briller, les mots étaient plus forts que le feu. Au dernier moment seulement, le père Joaquin lâchait la feuille dans le chaudron. Nous étions censés prier pendant tout ce temps. Prier quoi ? Ce n'était pas clair, mais ce qui ne faisait aucun doute, c'était le plaisir intense que le père éprouvait en voyant nos confessions s'embraser – un plaisir contagieux, pour rien au monde nous n'aurions manqué le rituel. Nous repartions galvanisés, les joues rouges et les yeux brillants, avec le sentiment étrange qu'en expiant nos péchés par le feu nous nous habituions, trimestre après trimestre, à l'idée d'aller en enfer.

Le père Joaquin disparut un jour, sans raison apparente, et fut remplacé par un autre prêtre, plus jeune, qui n'aimait pas ce genre de pratiques. La confession, nous expliqua-t-il, se ferait désormais dans son bureau, en face à face – je me rappelle m'être demandé si elle serait aussi efficace. La même année, le jour de mon anniversaire, au moment de souffler les bougies, je croisai le regard d'un camarade de classe. Je vis dans ses yeux une nouvelle flamme briller. Il me restait de l'ancien curé une feuille bleue à carreaux, et c'est sur cette feuille que je rédigeai ma première lettre d'amour.

Pas assez bien pour elle

Je prends toujours quelques minutes avant de me lever le matin, appuyé sur mon coude, le dos tordu à cause de la soupente. Je regarde ma femme. Le réveil a sonné, elle a ouvert les yeux puis les a refermés, elle sait qu'elle peut dormir encore quelques minutes. Son corps flotte sous les plis du drap.

C'est son idée à elle de placer le lit au fond de la pièce mansardée, moi, je l'aurais mis contre l'autre mur, entre les deux fenêtres, pour ne pas risquer de me cogner en me levant, mais alors il n'y aurait plus eu de place pour le kilim.

Le kilim ! Cadeau de mariage de ses parents. Je nous revois à la sortie de la mairie, tout le monde sur son trente et un, surtout ma mère. Je me demande comment j'ai réussi à épouser une fille pareille. Je ne suis pas à la hauteur, je ne la mérite pas, elle est trop rayonnante, trop bien élevée, c'est le moment de la journée où je perds confiance en moi (quand elle dort et que je la regarde), alors, pour rompre la malédiction, je me lève en me contorsionnant. Je vais dans la salle de bains sur la pointe des pieds. J'ouvre l'eau à fond pour qu'elle chauffe. Je me rase.

Je passe plusieurs fois la lame au même endroit, je fignole.

À mesure que je débarrasse ma peau de sa production nocturne, la peur s'estompe. Mes doutes partent dans les canalisations avec les poils coupés et la mousse ; ça ressemble à ce fruit dans le fond du lavabo, mais si, ce fruit, vous le coupez en deux, une chair blanche piquée de points noirs, rose autour, mais alors d'un rose très vif, avec des écailles comme les ananas et un goût de poire.

La taille d'une pomme, si l'on peut dire que la pomme a une taille – plus gros qu'un œuf de poule et plus petit que mon poing.

C'est le fruit d'un cactus qui pousse au Mexique, moi aussi j'en sais des choses, il n'y a pas qu'elle. J'en apprends tous les jours, peu à peu, je la rattrape. Je grignote, je grignote... Bientôt, je l'écraserai de mon savoir, au fond du lavabo et scratch ! Chaque fois qu'elle ouvrira la bouche, j'aurai quelque chose à redire, un développement, une précision, une contradiction irréfutable. Je n'ai pas fait d'études, mais j'ai la chance d'avoir une très bonne mémoire. Je n'oublie rien, jamais. Tout s'inscrit, parfaitement lisible, dans le placard là-haut, placard que je tamponne avec sa serviette de toilette, elle tient à ce que nous ayons chacun la nôtre, mais moi, le matin, je prends la sienne, celle qui lui servira en sortant de la douche. Quand je reviens dans la chambre, rasé de frais, ma femme dort toujours. Je me penche vers elle, vers sa joue. L'odeur de l'after-shave la réveille, je n'ai même pas besoin de la toucher. Elle tend ses lèvres, on s'embrasse, elle se lève, passe son peignoir, on prend notre petit-déjeuner. Chaque matin de la semaine, la scène se rejoue.

Tout irait bien entre nous s'il n'y avait pas ces pensées qui occupent mon esprit, cette idée que je ne suis pas à la hauteur. J'ai l'impression qu'elle est la seule à ne pas le voir. Ses amis le savent, ses parents le savent, on m'accepte (bien obligé) mais au moindre faux pas tout s'écroulera.

Ou non, pas de faux pas, même pas de faux pas, juste en continuant à vivre de la même façon, notre couple partira en miettes. Un jour, elle ouvrira les yeux et dira : Mais c'est qui ce type qui veut m'embrasser, avec son odeur d'after-shave ? Alors, je n'aurai plus qu'à plier bagage. Chaque jour, quand je vois son visage angélique sur l'oreiller, je me prépare à cette éventualité. Je ne me fais pas de souci, je ne resterai pas longtemps seul. Je trouverai une jeune femme peu gâtée par la vie, une égarée de la nature que je prendrai dans mes bras, elle me devra tout et moi, enfin, je me sentirai à ma place.

Le lit, je le mettrai où je veux dans la pièce.

Sans histoire

C'est mon histoire, il y a plus de dix ans. L'histoire d'une adolescente qui tournait en rond dans une vie sans histoire. Je devais absolument m'en inventer une, sous peine d'être engloutie par le vide qui m'habitait. En attendant de trouver mieux, je triturais mes boutons d'acné. Je les pressais, il venait du pus, c'était comme une petite jouissance, mais le soulagement était de courte durée. Je recommençais. Quand les boutons craquaient, j'entendais un bruit. Mon front était un champ de bataille. Sur mes jambes, j'attaquais à l'aiguille les poils incrustés sous la peau. Ma mère m'a offert un rouleau de papier bulle pour que je me défoule, j'ai tout explosé dans la nuit. Mon père haussait les épaules en signe d'impuissance, il répétait que c'était l'âge ingrat, que ça passerait tout seul. Mais ça ne passait pas tout seul, ça ne passait pas tout court. J'avais tout pour être belle, objectivement, des traits réguliers, des jambes fines que j'emballais dans d'affreux joggings. Je me suis tatoué un fil de fer barbelé bleu en haut du bras, c'était ma nouvelle tocade, les tatouages à l'ancienne, comme ceux des taulards. Je portais autour du cou un foulard que je suçotais, avec des petites têtes de mort en quinconce, C'est mignon, m'a dit un jour ma mère, c'est quoi ? Maman, mets tes lunettes. Mais j'ai mes lunettes ! À partir de là, j'ai laissé tomber mes parents. J'ai commencé à grossir. Après les boulimies sucrées devant la télé, il y a eu les régimes. Puis les scarifications. Je badigeonnais les coupures avec du vinaigre pour qu'elles prennent du relief. Quand elles étaient refermées, je les frottais avec une brosse à dents pour qu'elles restent vivantes, j'avais lu ça sur un forum, et ça marchait. Je m'occupais de mes cicatrices comme s'il s'agissait d'animaux familiers, je les gratouillais, je leur parlais, je les cajolais, puis du jour au lendemain je m'en suis désintéressée. Je trouvais ça débile. J'ai fait pareil avec ma prof de français, une grande femme saine que tout le monde appréciait. J'ai vu en elle la faille que personne ne semblait remarquer, cette façon de se tenir trop droite, j'avais envie de plonger dedans, ça m'excitait, ça me touchait aussi. Je me suis assise au premier rang, les bras bien exposés pour qu'elle remarque les cicatrices. À la sortie des classes, je l'ai suivie. J'étais amoureuse d'elle, et cet amour était partagé, j'en étais persuadée. Quand j'ai voulu l'embrasser, elle m'a repoussée. Je l'ai traquée. J'ai menacé de me couper les veines, l'obligeant à compatir chaque jour à un nouveau mal imaginaire, au point de l'amener à briser toutes ses barrières, à la mettre à genoux, âme et corps à nu, projetée dans notre gouffre commun. On a fait l'amour comme des reines. Je l'ai obligée à boire avec moi, on se retrouvait dans des lieux improbables, loin de chez elle et du lycée. Quand nous n'étions pas ensemble, je lui passais des coups de fil au milieu de la nuit. Il fallait toujours que je prenne des risques et qu'elle vienne me secourir. Je pleurais dans ses bras, je lui jurais que c'était la dernière fois que je faisais mes conneries. Et ça repartait. Elle ne pouvait plus me lâcher, quand je ne lui téléphonais pas pendant vingt-quatre heures, elle paniquait, elle avait peur qu'il me soit arrivé quelque chose.

Mes parents ont fini par se réveiller, ils nous ont collé un détective privé dans les pattes (ça semble incroyable, on se dirait dans un film, mais c'est bien ce qu'ils ont fait). Lorsqu'ils ont eu toutes les preuves, ils m'ont laissé le choix : soit j'acceptais de ne plus la voir, soit ils portaient plainte.

La vérité, c'est que je commençais à me lasser d'elle, alors j'ai juré de ne plus la voir. Et je ne l'ai plus jamais revue. Avec l'accord de mes parents, qui soudain me trouvaient extraordinaire, j'ai fini mon année en pension.

Depuis quelques mois, je repense à elle. Souvent. Très souvent. J'ai retrouvé sa piste, je lui ai téléphoné, mais elle a refusé de me parler. Elle est mariée je crois, elle a une petite fille. J'ai été tentée d'aller voir où elle habitait, je ne l'ai pas fait. Pas encore.

La chanson

Chaque fois que j'entends une certaine chanson, ma gorge se serre, dès les premières notes elle se serre, dès l'introduction. J'ai beau chercher, je ne comprends pas d'où vient cette émotion. Dans les paroles, il y a deux vers qui me touchent plus que tout, mais ces vers ne renvoient à rien de particulièrement troublant.

Le titre de la chanson ? Je n'ai pas envie de vous le dire. Ce n'est pas la peine d'insister, non, je n'ai pas envie non plus de donner le nom de l'interprète, ça n'a aucun intérêt, c'est vraiment une chanson débile, vous voulez me ridiculiser ou quoi ?

Stand-up

Moi, c'est Lucas, commence-t-il d'une voix instable.
Avant de venir vous voir, je suis passé par le magasin
de lingerie de la rue d'Anjou pour acheter un cadeau
à ma copine, et en fait d'achat, j'ai volé une paire de
bas... Des bas qui tiennent tout seuls, comment ça
s'appelle, des *stand-up*, des...

Un bruit strident l'interrompt. Depuis ce matin,
le voisin du dessus s'est lancé dans des travaux dont
j'ignore la nature. La perceuse s'arrête, Lucas reprend
son récit. Bas noués, en vrac, fin de série, sans étiquette
magnétique, et la vendeuse je ne sais où, et d'autres
précisions encore que j'écoute d'une oreille distraite.
Je me demande s'il a volé ces bas pour ne pas venir les
mains vides – en d'autres termes, pour avoir quelque
chose à me raconter. Je lui pose la question, mais il me
coupe la parole, Attendez, attendez que je termine, je
ne vous ai rien dit encore, vous êtes trop pressée (moi,
pressée?), le problème, ce n'est pas le vol.

Suspense, coups de marteau.

Le problème, c'est qu'une fois les bas dénoués, je
me suis aperçu qu'ils n'étaient pas de la bonne taille.

Très jolis, avec une couture en zigzag, mais trop petits, beaucoup trop petits pour ma copine. Je pourrais les lui donner quand même, mais ça va lui faire des mi-bas, elle risque de mal le prendre. Ce serait bête, parce que ça partait plutôt d'un bon sentiment...

Coups de marteau.

Il y a une collègue au boulot, je pense que ce serait sa taille... Entre nous, je la trouve très attirante. Elle ressemble à Charlotte Gainsbourg sur les photos avec son papa, une Charlotte sans la frange. Toute fine des poignets et des chevilles, un peu perdue dans son physique.

Perceuse, passage en mode percussion. De la poussière tombe du plafond. Je lui propose que nous arrêtions là, le bruit devient vraiment insupportable, nous pourrions prendre rendez-vous plus tard dans l'après-midi, ou le lendemain s'il est disponible. Il semble soulagé. Il reviendra, bien sûr, maintenant qu'il connaît le chemin. Il prendra rendez-vous sur le site.

Ma main tendue, lui qui l'attrape et la serre maladroitement, on sent que ce n'est pas un geste qu'il a l'habitude de faire. La porte se ferme, je me lève à mon tour, enlève mon bandeau. Je suis persuadée que Lucas ne reviendra pas, et me demande si c'est bien la peine que je prenne des notes sur son histoire. Un instant, une ombre, j'ai l'impression qu'il a laissé les bas sur la table, je reviens dans la pièce principale et sur la table, mais non, sur la table il n'y a rien.

Meubles que l'on traîne, que l'on renverse. Éclats de voix. J'ouvre la fenêtre, un mégot de cigarette, lancé d'une pichenette de l'appartement du dessus, passe devant mon nez pour atterrir sur le toit d'une voiture. Je pense aux bombes à eau que nous lancions du quatrième étage quand nous étions petits, mon frère et moi. J'ai envie de tout décommander et d'aller me promener sur le bord du canal. Je tâte la terre du philodendron, ni trop mouillée ni trop sèche, mais un peu pâle à mon goût, il faudrait rajouter du compost. Le vent fait bouger les racines aériennes qui poussent à l'aisselle des feuilles. Je vais fermer la porte, le jeune homme l'avait laissée ouverte. Une odeur de brûlé dans la cage d'escalier. J'ai lu récemment que les plantes détestaient les courants d'air. Leurs surfaces sont tapissées d'une multitude d'orifices qui, au microscope, ressemblent à des bouches pulpeuses, chargées de réguler les échanges gazeux. Grâce à elles, un coussin protecteur se forme tout autour de la plante. Si ce coussin est perturbé par le milieu ambiant, l'évaporation devient trop importante et les feuilles se racornissent. C'est peut-être ce qui m'arrive aujourd'hui, je me racornis. Ce torrent de réalité me donne la migraine. Une barre, là, parallèle au bandeau. Les oreilles qui bourdonnent. Trop de bruit, mais aussi trop de gens. Trop de récits. Ma mémoire sature, ma capacité d'empathie se ternit. Du terreau! Du terreau!

Je mets un mot près de la sonnette, rappelant l'adresse du site et expliquant que les rendez-vous de l'après-midi ont dû être annulés pour cause de travaux. Tête basse, je m'enfuis en repensant aux *stand-up*, comme les appelait Lucas, et j'imagine les bas de soie éclairés à la lumière noire, marchant sur une scène de cabaret, seuls, sans que l'on distingue le corps qui les porte.

Le lendemain, les entretiens reprennent. Chez le voisin du dessus, le calme est revenu. Le philodendron a l'air en forme, le soleil danse entre les lianes, et c'est si gai soudain, si vivant que je me demande comment j'aurais fait sans lui. À le voir tous les jours, j'ai l'impression que ses feuilles n'absorbent pas seulement le dioxyde de carbone pour rejeter l'oxygène, mais agissent comme des filtres, prenant leur part de confidences. Si les plantes aiment la musique, c'est bien qu'elles entendent à leur façon.

Chirurgienne

Elle aussi me dit son prénom, son vrai prénom d'origine sénégalaise, mais préférerait que je l'appelle Michelle, si ça ne m'ennuie pas. L'année dernière pour les fêtes, elle a décidé de passer une semaine dans un bon hôtel, en Bretagne, à Roscoff très exactement. Elle s'est offert une chambre avec balcon et vue sur la mer, au deuxième étage du bâtiment principal. De son lit, elle voit les bateaux. Même quand il fait froid, elle dort la fenêtre ouverte. Elle n'est pas triste d'être seule, au contraire, ce moment de paix la remplit d'une joie simple, empreinte d'une douce sensation hypnotique, comme si elle se trouvait à côté d'elle-même, vivant une vie supplémentaire, une prime accordée pour bons et loyaux services.

Le soir du réveillon dans la salle du restaurant, elle avait décortiqué ses gambas au couteau et à la fourchette. Elle a toujours détesté avoir les mains sales, depuis l'enfance – quand elle aidait son père au jardin, elle était la seule à mettre des gants. Même les asperges, elle les mange avec des couverts. Le serveur, un homme d'une certaine classe, silhouette longue, cheveux drus poivre et sel, était aux petits soins. Il lui avait apporté une coupe de champagne en apéritif, cadeau de la maison. Il avait vu son alliance, impossible de ne pas la remarquer sur sa peau noire, il devait la prendre pour une jeune veuve, ce qu'elle était d'ailleurs, mais il fallait l'avouer : elle était beaucoup plus sereine là, en tête à tête avec son assiette, qu'en compagnie de quelqu'un qui se serait senti obligé de lui faire la conversation.

Après la coupe de champagne, le serveur lui avait apporté un verre de pouilly fumé. La voyant décortiquer ses gambas, il s'était exclamé, en professionnel de la chose : Ah ça, c'est du beau travail !

Elle avait répondu que c'était normal, puisqu'elle était chirurgienne.

Il avait levé les sourcils, drus également, et poivre, et sel, tout s'explique, avait-il bredouillé, tout s'explique, et elle ne l'avait pas revu de la soirée.

Elle avait repris son dépiautage sans conviction. Pourquoi avait-elle dit qu'elle était chirurgienne ? La majorité des clients du restaurant était des personnes âgées. S'il y avait un arrêt cardiaque, on l'appellerait au secours, et cette pensée l'avait hantée pendant tout le reste du repas. Elle se voyait expliquant au serveur qu'elle avait menti, et lui ne la croyant pas, persuadé qu'elle mentait en disant qu'elle avait menti, qu'elle prétendait ne pas être ce qu'elle était pour ne pas être dérangée pendant ses vacances, alors que papy était étalé par terre, ça va papy, réveille-toi, claques sur les mains, claques sur les joues mais la couleur reste à l'intérieur, il faudrait faire un massage cardiaque, le bouche-à-bouche, pensait-elle, rassemblant ses souvenirs du stage de premiers secours qu'elle avait suivi pendant ses études, le mettre au moins en position de sécurité, de quel côté déjà? Ce serait la panique, et puis finir l'année par un mensonge, ça la foutait mal. Alors le lendemain, le premier de l'an, elle avait cherché le serveur. Elle n'était pas chirurgienne, elle travaillait chez Veolia, ingénieure spécialisée dans le traitement des eaux, je ne vous le fais pas dire, rien à voir avec le domaine médical, mais le serveur qui s'était si bien occupé d'elle la veille n'était pas là, ni au service de midi ni à celui du soir. Elle avait demandé à l'entrée quand il reviendrait travailler, elle l'avait décrit, on l'avait regardée d'un drôle d'air : il n'y avait pas d'homme en salle le soir du réveillon. Elle avait insisté, allant jusqu'à interroger d'autres clients qui étaient comme elle en demi-pension, mais tout le monde s'accordait sur le fait que dans ce restaurant le personnel était exclusivement féminin.

De bons rapports

J'ai un désir de mort très fort contre une personne de mon entourage. C'est quelqu'un de proche, on se connaît depuis toujours. Est-ce qu'il faut vraiment que je vous dise de qui il s'agit ?

Ma mère, il s'agit de ma mère.

Parfois j'imagine que je suis dans son ventre et que je la taillade de l'intérieur. Ou alors, je l'empoigne par la trachée et je la secoue jusqu'à ce qu'elle tombe par terre, la tête la première. Elle est d'une force monstrueuse, je n'ai pas toujours le dessus.

J'imagine qu'elle crie, je l'insulte, je lui ordonne de fermer sa gueule.

Dans la vie, j'ai ce qu'on pourrait appeler de bons rapports avec mes parents.

Aucune imagination

Cet homme est son professeur de théâtre. Un soir, ils vont boire un verre ensemble après les cours. Il faut considérer comme un privilège le fait de s'asseoir à la table du maître. La lumière est tamisée, la musique douce, elle commande un gin-fizz et se retient de manger les cacahuètes pour ne pas faire mauvaise impression. Il parle et parle encore, ne lui laisse pas placer un mot. Au moment de se séparer, il lui dit en la regardant droit dans les yeux : Il faut être réaliste, Nathalie (elle s'appelle Nathalie), le problème avec toi, c'est que tu as de l'énergie, mais que tu n'as aucune imagination.

Nathalie accuse le coup. Il n'y a plus de métro, elle rentre chez elle à pied. Ses talons résonnent dans les rues désertes. Il va falloir qu'elle se rende à l'évidence. Qu'elle construise sa vie avec ce qu'elle a, et ce qu'elle n'a pas. De l'énergie pour rien, une sorte de vélo d'appartement, en somme, installé devant un mur aveugle.

Pourquoi prend-elle tellement au sérieux les mots du professeur ? Elle ne met pas un instant en doute son diagnostic. Elle est la Belle au bois dormant se piquant le doigt, Blanche-Neige croquant la pomme.

Une grande tristesse l'envahit. Les mois suivants elle flotte pendant les cours, avec toujours la peur d'en faire trop, mais pas au bon endroit ni pour les bonnes raisons, et sans jamais que le professeur semble remarquer son désarroi. Comme aux autres, il donne des indications, propose des exercices, pas moins, pas plus. Elle est une élève ordinaire. Très ordinaire.

Au cœur de l'hiver, le professeur revient à la charge. Non seulement il invite Nathalie à boire un verre (Je peux vous appeler Nat ?), mais il veut qu'elle revienne ensuite avec lui à l'atelier sous prétexte de lui donner un livre de Meyerhold qui lui tient particulièrement à cœur. Il insiste. Là encore, il s'agit d'un privilège, c'est ce qu'il lui fait sentir, elle serait bien bête de ne pas en profiter.

Il lui prête le livre en question, puis la bascule sur le matelas posé à même le sol dans un coin de la pièce. Il la déshabille de façon sommaire, la pénètre sans qu'elle intercède – c'est le verbe qui lui vient à l'esprit quand elle raconte cet épisode peu glorieux de sa jeune existence, *intercéder*. Son corps est dur comme de la pierre, il a du mal à entrer, et ça lui plaît cette résistance. Elle n'arrive pas à parler, elle se laisse faire, ou plutôt elle le laisse faire. Et lui la laisse dormir dans l'atelier, lui s'en va finir sa nuit ailleurs. Il lui demande de descendre le chauffage en partant et, simplement, de tirer la porte derrière elle.

Elle tire la porte derrière elle.

Elle ne revient plus jamais à ses cours. Elle lui en veut, mais aussi, et c'est sans doute le plus douloureux, elle s'en veut de ne pas avoir réussi à se fermer tout à fait. Son désir de devenir comédienne fond comme neige au soleil. Elle s'absente de son corps. Elle se met à écrire. Tout passera par ses doigts désormais, le bout de ses doigts. Elle reste des heures immobile, assise devant un écran. Elle ne répond plus à aucune sollicitation. Quand elle sort faire les courses, elle emprunte des itinéraires détournés pour être sûre de ne rencontrer personne de sa connaissance. Elle ne se sent pas la force d'embrasser quelqu'un sur les joues, par exemple, ou de répondre à la question Ça va?

Il y a encore beaucoup de haine dans sa voix quand elle prétend que si elle est devenue scénariste, une scénariste reconnue, dont on vante la puissance de l'imaginaire, c'est grâce à son professeur de théâtre. À sa grossièreté. Elle a toujours le livre de Meyerhold, il faudrait qu'elle le détruise, qu'elle le jette au feu, mais brûler un livre, c'est au-dessus de ses forces. Alors elle me l'a apporté. Elle va me le laisser, si je veux bien le prendre chez moi, dans ma bibliothèque.

C'est une belle édition, ajoute-t-elle comme pour s'excuser, format catalogue, avec des illustrations à l'encre de Chine.

Le professeur ne lui avait jamais refait signe, n'avait jamais pris de ses nouvelles après la nuit où il l'avait basculée sur le matelas. Il était sans doute soulagé qu'elle ne se soit pas accrochée.

Vesses-de-loup

Il est gaga de ses deux fils, des jumeaux, ça s'entend à sa voix. Depuis leur naissance, il les lave, les nourrit, leur raconte des histoires de gnomes et de princesses. Il les adore. Pourtant, chaque fois qu'il se promène avec eux en forêt, il rêve de les perdre. Il m'explique longuement que son sens des responsabilités lui interdit d'imaginer une vie ailleurs, dans une autre famille, un autre pays, une autre langue. Sous un autre climat. Il veut juste, pouf! que ses enfants se volatilisent, comme ces champignons poussière que l'on crève avec un bâton, vesses-de-loup, petits volcans.

Le foulard volé

Glissé sous la porte de l'appartement, ce texte dactylographié, accompagné d'une lettre manuscrite exprimant le regret de ne pas pouvoir se présenter comme prévu au rendez-vous de quatorze heures trente. Écriture en pattes de mouche, une croix en guise de signature.

C'est un soir à Paris, dans le métro, une passagère laisse tomber son foulard de soie par mégarde. Un quidam le ramasse d'un geste furtif et le fourre dans sa poche. Il sort à la station suivante, le cœur battant. Depuis, l'effet que provoquent sur lui la vue et le contact de l'étoffe dépasse l'entendement.

Tant il est vrai, se dit-il, que la partie peut représenter le tout avec plus d'intensité que le tout en personne. Tant il est vrai que la gêne et le plaisir font parfois bon ménage, il ne faut pas croire tous les proverbes.

Bon ménage jusqu'au jour où le foulard disparaît de sa cachette, et que le quidam le retrouve autour du cou de son épouse. Il manque de s'étouffer, se reprend – et elle, pas de question, le nez en l'air, le sourire, comme si de rien.

Tant il est vrai que la paix domestique vaut bien quelques silences.

Tant il est vrai que la vérité n'est pas forcément synonyme de franchise, se dit-il encore en prenant son épouse dans ses bras pour enfouir sa tête dans le foulard, et l'aimer passionnément.

Sous prétexte

Enfant, quand je ne voulais pas aller chez des amis, je prétendais que ma mère m'empêchait de sortir. Il fallait que je reste à la maison, oui, même le week-end, même pendant les vacances. Je ne détestais pas qu'on me plaigne, ça me donnait de l'importance. Le stratagème fonctionna jusqu'au jour où les parents d'une de mes camarades de classe proposèrent d'appeler ma mère pour la convaincre de me laisser venir à l'anniversaire de leur fille. Prise de panique à l'idée que l'on découvre mon mensonge, je passai au stade supérieur, prétextant cette fois que mon père était gravement malade, qu'il avait besoin de moi jour et nuit pour lui préparer à manger et le soigner, surtout le week-end, ma mère étant souvent absente à cause de son travail. L'information remonta jusqu'à la maîtresse, puis l'infirmière, puis la psychologue scolaire, et mes parents finirent par être contactés.

Leur réaction me stupéfia.

Ils ne se fâchèrent pas, ne crièrent pas, ils me dirent juste que je devais apprendre à assumer mes désirs, sinon j'allais être très malheureuse dans la vie. Si je

n'avais pas envie d'aller aux anniversaires, c'était parfaitement mon droit. J'ai éclaté en sanglots, ma mère
aussi, on s'est prises dans les bras, on a pleuré, pleuré,
et quand les larmes se sont arrêtées, mon père a proposé qu'on aille au cinéma. On a aimé le film et mangé
des pop-corns, c'était bien. Un an plus tard, il était
mort. Il avait effectivement une maladie grave, mais
ne voulait pas me le dire, pour que l'on puisse profiter
l'un de l'autre jusqu'au dernier moment.

Des casseroles au cul

J'ai été élevé dans l'idée que la religion, c'était bon pour les autres, mais pour soi non merci. On est au-delà de ces archaïsmes, disaient mes parents, alors je me trimbale avec des casseroles au cul. Des casseroles, des poêles, des cocottes, des marmites, tout un attirail de petites méchancetés et de trahisons qui font de moi ce que je suis : un être de remords.

C'est drôle, ce mot, *remords*, toujours avec un *s*, même au singulier. Un remords sans *s* serait-il moins cuisant ? Moins puissante, sa morsure ? Être bourrrrr-relé de remords. Je suis bourrrrrelé de remords – un tissu rose chair plus ou moins bien tendu, les plis, les bosses et les capitons, comme si ma conscience avait de la cellulite.

J'ai des remords, oui, mais pas de regret, aucun regret. J'ai écrit une sorte de poème là-dessus, je vous le récite ?

Le remords est au regret
Ce que la myxomatose est au rhume des foins
La jouissance au plaisir
L'amertume à la nostalgie et le repentir

Au chagrin.

Le repentir, il fallait qu'on y arrive, ou la recette miracle pour se réconcilier avec son passé, c'est ce qu'on nous enseigne à l'école. Et si je n'avais pas envie d'être réconcilié avec mon passé ? Si je n'avais pas envie de me résigner ? Il y a ce mot qui est apparu ces dernières années, *résilience*, mais moi je ne résilie rien. Je ne veux ni laver ni être lavé. Je veux rester sale, le propre m'ennuie.

Voilà ce que je suis venu vous dire : la honte me garde vivant. Les blessures d'amour-propre, l'orgueil défiguré, les tourments. Je marche dans la vie sans attendre d'un autre le pardon de mes fautes. Elles me servent de carburant, sans elles je me traînerais comme une pauvre loque, et j'en suis sûr aujourd'hui, j'y ai bien réfléchi : l'apaisement me pèserait plus que le remords.

Ma confidence ? Eh bien, je vous l'ai faite : l'apaisement me pèserait plus que le remords. Le reste est anecdotique.

Les poules

Il est plié en deux sur l'une des mailles du grillage qui entoure le poulailler, une maille octogonale, non, pas octogonale...

Un, deux, trois, quatre, cinq, six, comment dit-on quand il y a six côtés?

Hexagonale?

Hexagonale, le ver de terre est plié, vous voyez, à cheval sur le fil de fer, comme un lacet magique sur le doigt d'un géant. Assez haut pour que les poules ne puissent pas l'attraper, assez bas pour qu'elles puissent le voir se tortiller. À force de contorsions, il est blanc à l'endroit de la pliure, vidé de substance, et marron rouge aux extrémités. Marron rouge et gonflé, au fond d'un jardin sans pelouse, quelque part en Ille-et-Vilaine.

Des vers, il y en a plein le potager. Je fouille avec les doigts, la terre est meuble, bien travaillée. Je garde les plus longs.

J'en place un sur le grillage, et vite, vite, je me recule. C'est bête à dire, j'ai peur des poules. Si l'une d'elles s'échappe du poulailler, je me mets à crier, mes genoux ne me portent plus, ce n'est pas raisonné. Quand elles sont enfermées, je crâne. Je place le ver dans un angle, donc, en prenant garde à ce qu'il soit bien en équilibre, et je m'accroupis un peu en retrait.

Commence le face-à-face.

J'appelle : Mes chéries, mes cocottes, petites cocottes, tous ces noms qu'emploie ma grand-mère pour me qualifier, et les voilà qui arrivent en se dandinant. Il y a ce moment où l'une lève la tête, et de son œil droit remarque la chose qui s'agite (toujours l'œil droit, va savoir pourquoi). Elle hausse le cou, la voisine l'imite. Puis la voisine de la voisine, en émettant des sons de gorge. Ce n'est pas un ver qu'elles voient, mais une belle saucisse bien juteuse, il faut imaginer, à leur échelle, une grosse saucisse toute pleine de vie. Quand elles sont en forme, elles se perchent les unes sur les autres pour atteindre leur but. Coups de patte, ça glisse, ça tombe, je les encourage de la voix. Je dompte les poules, ou plutôt, grâce à ce grillage qui nous sépare, je dompte ma peur des poules. Je la domine.

Dès que je peux, j'y retourne. La terre, le ver, la maille : je lance un défi au monde, et ça repart, les contorsions sur le grillage, les poules qui caquettent, blanches, rousses, grises à la même enseigne, de la bonne pondeuse, pas de la collection, et à la guerre comme à la guerre se volent dans les plumes, la crête en berne, se piquent le cul, se battent et battent des ailes, s'écrasent contre le sol et reviennent à l'assaut, le bec tendu vers le ciel. Je me revois sur le manège le jour de la fête du village, il faut décrocher la queue de Mickey (certaines années ce n'est pas une queue, mais un gros pompon de couleur vive), la queue ou le pompon qui s'abaisse quand on arrive et nous passe sous le nez juste au moment où l'on croit l'atteindre, et ce n'est pas l'idée de gagner un tour de manège qui nous galvanise, mais le fait d'être plus rapide que le forain, parce que c'est lui qui actionne l'appât, lui qui tire les ficelles, il nous nargue avec son marcel et ses poils sous les bras, on se ligue pour lui mettre la pâtée, c'est exaltant, les poules sont exaltées, elles gloussent, grincent, criaillent, et je pourrais rester des heures comme ça à les observer. J'ai toujours un ver de rechange, au cas où le premier tomberait côté poulailler. Je ne le garde pas dans un bocal avec des trous sur le couvercle, non, j'aime le sentir bouger dans ma main. Je serre les doigts un peu plus, les doigts un peu moins, comme pour le traire. Ça chatouille. C'est doux et vivant. Parfois mon frère aîné me rejoint, il trouve ça dégoûtant, les vers de terre, mais il n'a pas peur des poules, il entre sans hésiter dans le poulailler et les traite comme si elles étaient des extensions de lui-même. Il va leur chercher les œufs à l'intérieur quand elles n'ont pas fini de pondre. Il met les doigts dedans, il pousse avec l'autre main sur le ventre, son index se tortille comme le ver de terre sur son perchoir, et quand il revient à la maison avec les cinq œufs, un par enfant, ma mère applaudit.

La poupée

Il m'avait donné ses clés comme on offre une alliance, vous ne pouvez pas savoir pour moi ce que ça représentait. J'étais fière comme un pou, je les portais en sautoir, je les montrais à tout le monde. Un soir, j'ai débarqué à l'improviste avec du champagne, je voulais lui faire une surprise, et qu'est-ce que je sens ? Une odeur de Javel dans l'entrée, on se serait dit à la piscine. La chambre nickel, le lit tiré à quatre épingles, lui qui était plutôt du genre bordélique, les tee-shirts repassés, vous imaginez, repasser des tee-shirts – la planche était encore dans la cuisine, la pile de vêtements toute chaude, j'ai compris que quelque chose se préparait.

Il a été très gentil, on a couché ensemble. Le lendemain au réveil, il m'a annoncé que c'était fini entre nous. Si ça ne m'embêtait pas, il aurait aimé récupérer les clés. Non, ça ne m'embêtait pas : je les ai jetées dans le vide-ordures. Je suis rentrée chez moi, j'ai pris une poupée qui traînait sur l'étagère du salon. J'étais en colère, très en colère, une poupée de chiffon sans yeux, sans bouche, sans nez, que j'avais gardée de mon enfance. Je l'ai piquée avec des aiguilles à tapisserie, je l'ai transpercée violemment et je l'ai posée sous la lampe, sur la table de nuit, pour l'avoir toujours à portée de main.

Les jours passaient, il ne téléphonait pas, ne répondait pas à mes appels. La poupée s'avachissait. J'ai continué à la piquer régulièrement, une fois à la tête, une fois au cœur, une fois au sexe. Et je recommençais, tête, cœur, sexe.

Quelques semaines après la séparation, je suis allée dans son quartier. Je voulais le revoir, au moins une fois, et je l'ai revu, tout à fait par hasard, mais pas dans son quartier. J'étais dans le tram, et lui sur le trottoir, de l'autre côté de la place... Il marchait tranquillement, pas troué ni rien. J'étais spectatrice d'un homme que j'avais aimé. C'était l'objet de mon amour, et je le voyais s'éloigner. Ça a ravivé mes sentiments. Je me suis mise à lire tout ce que je pouvais trouver sur la magie noire, j'étais obsédée par la chose, j'ai même pris le train jusqu'à Strasbourg pour aller visiter un musée consacré au vaudou. J'ai aussi lu des bouquins sur la passion, la jalousie, c'est comme ça que je suis tombée sur *L'Occupation*, le livre d'Annie Ernaux.

Punaise ! Elle n'y va pas avec le dos de la cuillère, Annie Ernaux, mais dans ce texte, elle écrit qu'elle s'est interdit ça, les fétiches, les mauvais sorts. Elle avait été tentée, mais elle avait résisté. Elle ne voulait pas s'abaisser jusque-là, elle trouvait ça crétin, ou débile, je ne sais plus, alors je me suis ressaisie. J'ai recopié plusieurs fois le passage en question, comme si le stylo pouvait remplacer les aiguilles à tapisserie. À la fin, j'étais décidée. Si Annie Ernaux ne l'avait pas fait, je n'avais pas le droit de le faire. Et c'est comme ça que du jour au lendemain, j'ai arrêté la sorcellerie. Comme ça que j'ai récupéré ma dignité. Grâce à la littérature. Grâce à Annie Ernaux.

CONFIDENCES REÇUES SUR LE SITE (2)

4 novembre 22:45

Elle n'arrête pas de me dire *Je t'aime, mon bébé.* Ça me gave.

9 novembre 16:45

Depuis que je suis à la retraite, je perds des centimètres et tout remonte. Je pourrais vous en écrire des tartines sur les gifles monstrueuses que je recevais de mon père et vous dire combien je le détestais, mais je ne le ferai pas, parce que je ne le déteste pas. Quand il levait la main sur moi, c'étaient les nuits de travail à la chaîne que je recevais en pleine gueule. Je trouve qu'on fait trop cas de la psychologie. Le mot *prolétariat* n'est plus à la mode, pourtant, il y a bien des différences. Comment on exprime ça de nos jours, avec quel vocabulaire ? Plus les années passent, plus je pense que nous ne sommes pas les enfants de nos parents, mais les enfants des circonstances.

11 novembre 10:43

Mon parrain prend sa voix aiguë pour me poser la question, une voix aiguë pour les filles, bienveillante et gnangnan.

Et toi ma chérie, qu'est-ce que tu veux faire plus tard ?

Je lui réponds sans hésiter : Pilote de chasse.

11 novembre 23:45

Je m'en veux pour un rien, une porte qui claque, un robinet qui fuit, des moustiques dans la maison, j'ai toujours l'impression d'être responsable de tout. S'en vouloir, c'est drôle cette façon d'exprimer les choses. C'est quoi ce EN de s'en vouloir ? Qu'est-ce qu'il représente ?

Je m'en veux de quoi ? De EN.

13 novembre 18:12

Quelques mots prononcés dans l'enfance, et qui restent.

Tu en fais une drôle de tête, sauf que ben non, rien de spécial, c'est juste ma tête.

Deux ans plus tard, un cousin à un autre cousin : *Tes virages, tu les prends au frein ou à l'accélérateur ?*

Cette phrase eut sur moi un grand effet, et chaque fois que je dois prendre une décision importante, même aujourd'hui, je me demande : Au frein ou à l'accélérateur ?

15 novembre 10:30

Le lendemain de mes soixante ans, je suis allé à la gare pour acheter ma carte senior. Je m'étais préparé à ce que l'employé me demande une pièce d'identité pour vérifier ma date de naissance (j'ai toujours fait beaucoup plus jeune que mon âge), mais non. Il s'est approché de l'hygiaphone et a dit en articulant : C'est la première fois ou c'est pour un renouvellement ?

Je suis rentré chez moi en traînant les pieds, je me sentais lourd, en une réplique j'avais pris dix ans.

19 novembre 22:17

J'aimais beaucoup ma grand-mère. À la fin de sa vie, elle était très malade, mais elle refusait obstinément qu'on l'hospitalise. Elle disait qu'elle ne voulait pas creuser le trou de la Sécurité sociale. Sa tombe, c'était suffisant.

Jusqu'à son dernier souffle, elle a gardé son sens de l'humour, et moi j'avais envie de lui dire : Arrête, Minoune (on l'appelait Minoune), arrête, ce n'est plus la peine.

Chère madame, connaissez-vous Confesor Go ? Il s'agit d'une application espagnole qui géolocalise les fidèles désirant se confesser. Il suffit de cliquer sur la carte pour qu'apparaisse le nom d'un prêtre disponible, son âge, l'année de son ordination et le chemin le plus court pour le rejoindre.

En rentrant le nom de l'application dans un moteur de recherche, vous trouverez une annonce sous forme de dessin animé qui vaut son pesant de cacahuètes, pardonnez-moi l'expression.

Une autre application du même type est en cours de financement dans l'Hexagone. Elle se présente comme *le Uber de la confession*. En Italie, Scootorino Amen proposait dès 2015 de commander en ligne un prêtre qui arrivait chez vous en scooter. Vous pouviez ensuite le noter – des petits anges remplaçant les étoiles.

Je suis moi-même catholique, pourtant des humains, parfois, je doute.

Je veux bien croire que je suis vieux jeu, même si je suis inscrit au club informatique de mon quartier, mais je vous avoue (et ce sera ma confidence) mon amour pour les confessions à la papa. Le bois du confessionnal me semble plus propice au recueillement que les fleurs de mon canapé. L'odeur d'encens, l'odeur de cire... Je me suis habitué à parler dans l'obscurité, à visage couvert, derrière des croisillons. Quand le prêtre ouvre le portillon, j'ai toujours un pincement au cœur, et j'espère être valide jusqu'à ma mort pour pouvoir vivre, encore et encore, ce petit instant d'émotion.

Stand-up, *le retour*

Vous reconnaissez ma voix? Je suis venu il y a une dizaine de jours pour vous parler d'un cadeau que je voulais faire à ma copine. Les bas qui tiennent tout seuls, c'est moi. C'est Lucas. Pourquoi vous souriez? Vous ne pensiez pas me revoir? Eh bien si, me voilà. *Stand-up*, le retour!

Finalement, je ne les ai pas offerts à Charlotte Gainsbourg, enfin celle qui ressemble à Charlotte Gainsbourg, ni à personne, d'ailleurs. Trop compliqué. Je les ai jetés dans une benne de vêtements à recycler. Juste après moi, il y a une fille qui a balancé un tas de jeans, elle les sortait d'un chariot à roulettes, ça n'en finissait pas, encore, encore, et j'imaginais mes bas de rien du tout étouffant sous la masse des pantalons, pauvres petits bas, si j'avais su...

Mais je ne suis pas venu pour vous parler de ça. J'ai relu l'annonce, et j'ai trouvé un secret que je pourrais vous confier. J'y vais, vous êtes prête?

Ce n'est pas facile à dire *(silence)*.

Chaque fois que je fais l'amour avec ma copine, je pense à quelqu'un de ma famille.

Ma cousine Rachel, je pense à Rachel.

Elle fait la sieste sous un arbre, dans un parc, c'est le plein été. Un homme arrive et lui caresse les jambes très doucement pendant qu'elle dort. Cette main qui va et vient, jusqu'à pénétrer sous sa robe, sans jamais toucher son sexe, juste en l'approchant, je trouve ça très excitant. Ma copine ne ressemble pas du tout à Rachel, mais justement.

Justement quoi ? Justement, c'est parce qu'elles sont très éloignées physiquement l'une de l'autre que ça m'excite. Elles se ressembleraient, ce serait glauque, non ? Les caresses, c'est un peu comme des bas de qualité. Des bas volés. C'est léger et doux, ça excite, ça fait battre le cœur, et après... Après, ça tient tout seul.

À peine a-t-il terminé que Lucas file sous prétexte d'aller rejoindre sa copine. Au moment de quitter à mon tour l'appartement, je trouve une écharpe gris anthracite sur le portemanteau du couloir. La température a chuté la nuit dernière, en une semaine, nous sommes passés de l'été indien à l'hiver brutal. Avec le changement d'heure, il fait déjà nuit. Je repense à ce texte glissé sous la porte qui parlait d'un foulard ramassé dans le métro et, avec l'impression d'enfreindre une règle tacite, je plonge mon nez dans l'écharpe. Curieusement, elle ne sent pas la laine mais l'herbe coupée. Pas du tout de saison.

Je n'ai aucun moyen de contacter Lucas, je pense qu'il va m'écrire pour récupérer son écharpe, un cadeau sans doute, elle est neuve, jamais lavée, de belle qualité. À moins qu'il ne l'ait volée. Les jours suivants, je surveille le site avec une assiduité particulière.

La plaquette de beurre

Elle déclare, à peine assise : Je vais entrer dans le vif, vous ne m'aurez pas longtemps sur le poil, j'ai rendez-vous pour le déjeuner. Pendant qu'il était au collège, mon fils a habité chez moi une semaine sur deux. La première fois qu'il a passé la nuit à la maison, j'étais à cran, j'avais peur qu'il ne trouve pas le sommeil. Il a dormi comme un bébé et c'est moi qui n'ai pas fermé l'œil. Le matin, alors que j'avais tout préparé sur la table de la cuisine pour son petit-déjeuner, il a coupé une tranche de pain et m'a demandé si j'avais du beurre.

Je lui ai répondu que je n'avais pas de beurre, seulement du miel.

Ce n'était pas vrai, il y en avait une plaquette entière dans la porte du frigo, mais normalement, chez son père, il mangeait des céréales le matin. Alors j'avais acheté un paquet de céréales, celles qu'il aime, je m'étais renseignée, des céréales aux pépites de chocolat, il n'avait pas changé ses habitudes depuis le divorce, et ce désir de tartine, soudain, c'était comme s'il voulait me mettre en faute, m'appuyer sur la tête pour me faire couler.

Mon fils s'est levé de table, il a ouvert le frigo, je n'allais pas lui interdire d'ouvrir le frigo, tout de même, il était chez lui, c'est ce que j'avais prétendu la veille, tu es chez toi, tu dois faire comme chez toi. Il a sorti le jus d'orange et, au moment de refermer la porte, il a vu le beurre. J'ai feint la surprise, prétendu que je ne savais pas du tout d'où venait cette plaquette, ça alors, c'est vraiment incroyable, la femme de ménage peut-être ou une amie que j'avais hébergée, oui, sans doute, cette amie... J'en ai fait des tonnes, il a haussé les sourcils, puis les épaules, je suis sûre qu'il ne m'a pas crue.

C'était il y a longtemps. Dix ans, peut-être onze. J'y repense chaque fois que j'ouvre mon frigo.

C'est-à-dire souvent.

Plusieurs fois par jour.

Mon fils est adulte maintenant, il a fini ses études. Il vient rarement me voir, nous avons une relation distendue. Parfois je me demande si c'est à cause du beurre, ou de choses comme le beurre. Cet amour que j'ai pour lui, en réserve, et que je n'ai jamais réussi à lui donner.

La femme s'arrête de parler, mais elle n'a pas l'air d'avoir envie de partir. Je l'entends renifler, je lui tends un mouchoir. Elle le prend, puis elle prend mes mains. Je me laisse faire, j'ai de la peine pour elle et pour son fils. Ses paumes sont très froides. Nous restons comme ça, en silence. Au bout de quelques minutes, la femme retire ses mains, je l'entends farfouiller dans son sac, je vous note mes coordonnées, lance-t-elle en déchirant un morceau de papier, voilà, je les laisse sur la table, n'hésitez pas à me téléphoner. Avant de sortir de la pièce, elle ajoute : Alors, c'est promis ? J'attends votre appel, je vous inviterai à déjeuner. Elle a retrouvé sa voix de femme qui a toujours du beurre dans la porte de son réfrigérateur, mais qui ne le dit pas à son fils parce qu'elle lui a acheté des céréales, quand même, elle aurait aimé être remerciée. Avant d'enlever mon bandeau, je froisse le papier et il me semble que c'est elle que j'écrase sous mes doigts. Un petit elle déshydraté, comme une feuille morte, une souris qui aurait séché derrière le frigo.

Des sacs en plastique

Depuis l'âge de treize ans, elle fait le même rêve. Elle doit mettre des morceaux de corps dans des sacs en plastique. Des mains, des jambes, des têtes sanguinolentes. Le rêve a beau se répéter et prendre des formes légèrement différentes chaque fois, elle ne sait toujours pas où trouver des sacs en nombre suffisant et, surtout, surtout, de la bonne taille. Elle est seule, terriblement seule avec ce qui devient, à la longue, un problème insoluble relevant aussi bien des mathématiques que de la morale : comment faire tenir tout ça... dans ça.

Elle presse pour tasser, la chair résiste.

Elle pousse de toutes ses forces, au risque de voir le sac exploser.

Afin de chasser l'air, elle appuie sur les cloques qui se forment dans les coins. Il faudrait percer : elle a peur que ça coule.

Le tronc, reprend la femme après s'être mouchée, est particulièrement difficile à emballer, à cause de son poids. Parfois, il est découpé en deux dans le sens de la hauteur, un poumon de chaque côté de la cage thoracique. C'est plus facile à porter, mais un nouveau problème se pose : les organes menacent de se répandre, il faut vite empaqueter, et je ne suis pas assez rapide, avoue-t-elle en baissant la voix, jamais assez rapide.

Au réveil, elle se sent coupable.

Dans la vie, explique-t-elle encore, comme si son sommeil ne faisait pas partie intégrante de sa vie, je suis très rangée, très organisée, alors ces morceaux qui n'entrent pas dans les sacs, j'y reviens, ce n'est pas seulement dégoûtant, c'est un échec personnel (elle s'arrête longuement sur ce point).

Elle a essayé de consigner le rêve par écrit, dans l'espoir de s'en débarrasser. Sans succès. Elle évoque Francis Bacon qui, paraphrasant Eschyle, écrivait que l'odeur du sang ne le quittait pas des yeux.

Elle est fière de sa citation, même si la traduction est approximative, et répète, comme pour me laisser le temps de visualiser : *L'odeur du sang ne me quitte pas des yeux.*

La femme se mouche une nouvelle fois, éternue, ré-éternue, elle tient un sacré rhume. Je reste tête tournée, l'oreille droite tendue vers elle, comme si j'étais sourde de l'oreille gauche, pour éviter de prendre les microbes de front. Je repense à l'air penché des poules partant à l'assaut du ver de terre coincé dans le grillage. La femme soupire. Je crois qu'elle va partir, mais non, elle me demande si j'ai encore un peu de temps à lui consacrer. Le prochain rendez-vous n'est que bien plus tard dans l'après-midi, j'acquiesce, et la voilà qui déverse le récit de ses vacances à la ferme.

Un jour d'hiver, alors que dans la cour on égorgeait le cochon, son cousin l'avait entraînée dans une pièce qui servait de débarras, entre la buanderie et la réserve. Il voulait lui montrer ce que leur grand-père gardait dans la malle du fond. Il prit son air le plus mystérieux pour lui demander de l'ouvrir. Elle bloqua sa respiration, comme si elle s'attendait à ce qu'une odeur fétide lui saute au nez, une odeur ou autre chose, et souleva le couvercle en le prenant du bout des doigts, bras tendus.

Rien n'explosa, tout resta terriblement calme.

Une marionnette grandeur nature était rangée dans la malle, repliée sur elle-même en position fœtale. Le cousin saisit les cheveux pour dégager le visage de papier mâché, et ce visage lui ressemblait étrangement, comme dans ces cauchemars où vous courez derrière quelqu'un, et que ce quelqu'un, c'est vous. Il referma la malle alors que dans la cour s'élevaient les cris du cochon. Bientôt, après l'avoir saigné, il faudrait lui gratter les poils avec un couteau jusqu'à ce que sa peau devienne rose et lisse. Leur oncle verserait de l'eau bouillante pour faciliter la tâche, ils racleraient de plus belle, espérant qu'on leur attribuerait en guise de salaire la vessie de la bête pour jouer au ballon – manque de bol, c'était toujours leur tante qui la récupérait.

Ce que sa tante faisait des vessies de cochon ? Des abat-jour, de foutus abat-jour qui diffusaient une lumière jaunâtre, et cette lumière, elle ne sait pas pourquoi, cette lumière, en y repensant, lui donnait la nausée.

Oui, la nausée, comme au matin après avoir rêvé

du corps découpé en morceaux, car une question se posait, chaque fois la même, chaque fois sans réponse : qui avait tué cet homme qu'elle devait emballer dans des sacs en plastique ? Car il s'agissait d'un homme, toujours un homme, indubitablement.

La femme demanda si je voulais des précisions.

Non, pas de précisions, ce qu'elle avait dit me suffisait pour imaginer les parties génitales de la victime, tassées dans un sac à glissière, type congélation. Elle éternua, se moucha. Quand elle s'en alla enfin, j'allai ouvrir la fenêtre pour évacuer les miasmes. Un air froid me saisit. De l'appartement on voyait une grue, je restai de longues minutes à l'observer.

Le soir même, je commençai à travailler sur la confidence de la femme aux sacs, à la marionnette et au cochon. Il y avait trois histoires en une, je ne savais pas bien comment m'y prendre pour les relier. Il me semble qu'il me manquait des éléments, sans doute mon attention s'était-elle relâchée à certains moments de son récit. Il m'arrivait d'avoir des absences. Travailler de mémoire avait ses avantages et ses inconvénients. Ici, en l'occurrence, la cohérence m'échappait. Je crois que j'aurais laissé tomber si le lendemain, je n'avais pas reconnu sa voix enrhumée lors d'un pot organisé par la Mairie à l'occasion de la réouverture de la salle d'exposition. Mon intuition fut confirmée quand je l'entendis parler de son expérience avec la romancière qui recueillait des confidences.

C'est troublant, disait-elle, de se mettre à nu devant une personne qui ne vous voit pas.

J'aimais bien sa manière de présenter les choses. J'imaginai une strip-teaseuse se déshabillant devant un parterre de non-voyants. Je restai immobile, espérant qu'elle n'aurait pas la mauvaise idée de se retourner. J'étais juste derrière, près du buffet, je me préparais à m'éclipser quand elle pivota sur elle-même pour prendre un dernier macaron avant de partir. Son regard glissa sur moi, rien n'accrocha, elle ne m'avait pas reconnue. Je me demandai si le fait de cacher mes yeux me rendait à ce point différente. Elle enfourna le macaron et se dirigea vers la porte principale. Je sortis derrière elle dans la rue. Il se mit à pleuvoir. La femme éternua deux fois puis, s'abritant sous un auvent, fouilla dans son sac. Je pensai qu'elle allait en tirer un parapluie, mais non, elle tenait à la main un étui de la taille d'un peigne. Un étui gainé de rouge contenant une de ces capuches en plastique transparent qui se plient en accordéon. Je ne savais pas que ce genre d'objet existait toujours. Elle la déplia d'un geste vif et la plaça nerveusement sur sa tête pour protéger son brushing.

L'irréparable

Il ne s'assied pas sur la chaise, il s'abat. Je l'imagine grand et costaud, avec des mains de bronze. Sa respiration est lourde. Il est venu déposer un fardeau. Il s'agit d'une femme qu'il a connue brièvement. Ils se sont rencontrés dans un bar de la rue des Ormeaux, elle l'a suivi chez lui, ils ont fait l'amour et le lendemain, elle s'est suicidée. Jetée du haut de la falaise. Depuis, il la porte sur son dos.

Il aimerait que j'écrive une nouvelle au sujet de cette femme, ce serait une manière d'honorer sa mémoire, mais aussi d'alléger la charge qui pèse sur lui. Une charge symbolique, car dans les faits, il n'a rien à se reprocher. Les résultats de l'autopsie ont confirmé son innocence. Aucune marque de coup ni de contrainte, juste des preuves d'amour. Après l'enterrement, il reçut la visite d'un ami d'enfance de la victime, si on peut l'appeler victime, ils ont sympathisé, s'appellent encore souvent, pourtant il se sent très seul avec cette histoire. Sans cesse revient la même image, la première image qui l'occupe encore aujourd'hui, jusqu'à l'obsession : elle, s'avançant lentement dans la travée centrale du bar où ils se sont rencontrés, comme elle avancerait le lendemain vers le bord de la falaise. Une avancée inéluctable.

Ce qu'il pouvait raconter de ce moment-là ? Son arrivée dans le bar avait provoqué une levée de regards. Ce n'était pas une femme, cette fille, c'était un appel d'air. Il y avait sa finesse, bien sûr, mais pas seulement. Il y avait son allure. Son petit corps près du corps, allant à l'essentiel. Pas aseptisé, non, apte à la séduction, ne présentant cependant aucune trace de frivolité. Il y avait ses cheveux très courts, à la garçonne. Il y avait cette attention qu'elle semblait porter au monde, et dont le monde sortait gratifié. Il y avait cette lenteur, surtout. On comprenait en la regardant que cligner des paupières était un geste, ouvrir la bouche un mouvement, respirer une action, un déplacement, toute une chorégraphie qu'elle effectuait avec minutie, sculptant l'air au ralenti de ses longues mains, écartant des herbes invisibles, les doigts légèrement levés, manifestant à chaque instant une peur délicate – peur de blesser, peur d'empiéter ou d'être empiétée. Il y avait sa voix, enfin. On voulait l'entendre, cette voix, encore et encore, tout le moins pour saisir ce qui séduisait à ce point – son côté éraillé peut-être, ses plongeons dans le grave, ses qualités plastiques, pour ainsi dire palpables, son insondable mélancolie.

Ce qui était fascinant, d'après son ami d'enfance, c'était la constance de l'effet qu'elle provoquait sur son entourage. Par contagion sans doute, à force d'être regardée, elle était devenue très observatrice. On pourrait même dire qu'elle passait son temps à observer.

À s'observer.

Elle en avait fait sa vie, sa passion, comme d'autres étudient les insectes ou les grands mammifères. Elle était, toujours d'après son ami, d'une intelligence hors du commun, et c'était cette intelligence qui l'avait conduite à commettre l'irréparable. Il parlait d'une longue conversation qu'ils avaient eue l'été précédant son suicide. Elle lui avait dit qu'elle se sentait fatiguée. Ça ne lui ressemblait pas. Que se passait-il ? Depuis la fin de ses études, elle était sans âge, et soudain, son teint avait commencé à se troubler. Des cernes s'étaient creusés. Elle avait découvert les cauchemars, le sentiment de perte, le sentiment d'abandon. Rien dans le passé ne lui avait laissé soupçonner l'apparition de ces failles. Sa beauté, la régularité de ses traits, son charme même ne lui appartenaient pas en propre (c'est ce qu'elle prétendait quand on lui faisait des compliments), ils étaient un bien commun à partager, aussi les avait-elle toujours considérés comme des qualités inébranlables, inaltérables – ou altérables, mais en mieux.

Au fil des années, elle pensait qu'elle deviendrait plus sereine, plus affûtée.

Ce serait une façon de poser la plante des pieds par terre. Une façon d'aimer aussi, de donner du plaisir. Très jeune fille, elle rougissait délicieusement – aujourd'hui, c'était son visage et son cou qui s'enflammaient. Ils s'irritaient, comme le cuir d'une chaussure trop rigide irrite les talons. Un jour qu'elle regardait son reflet dans la vitre d'un magasin, elle avait surpris un rictus sur le côté gauche de sa bouche. Intraitable avec elle-même, elle était la première victime de sa lucidité, établissant le constat glacial de sa dégradation. Rien n'avait grâce à ses yeux, même si parfois, oui, ce serait injuste de le taire, parfois, et même encore assez souvent, la présence des hommes lui faisait reprendre confiance en elle-même, et voilà que ça recommençait, les regards éthérés, la voix cassée qui touche, l'étrange séduction.

Alors elle poussait la porte d'un bar, de préférence inconnu. Elle marchait tranquillement jusqu'au comptoir. Pourquoi avait-elle accepté le verre que cet homme lui avait proposé? Peut-être était-il le seul à avoir osé lui adresser la parole. Elle avait été très directe, comme s'ils avaient rendez-vous. En le suivant jusque chez lui, elle savait très bien ce qu'elle faisait et ce qu'ils allaient faire. Elle l'avait prévenu: elle ne resterait pas dormir, il ne fallait pas le prendre mal ni qu'il essaie de la retenir, elle dormait toujours seule, elle ne savait pas faire autrement. Elle avait insisté pour qu'il laisse la porte ouverte afin de pouvoir sortir sans le déranger. Quand il s'était réveillé au matin, il avait été surpris de la voir allongée près de lui, toute menue, serrant dans ses bras un oreiller de plumes. Il l'avait regardée dormir, elle avait l'air d'une enfant. C'était une enfant.

On l'a retrouvée vers dix heures, écarquillée sur les galets.

La gifle

Vous êtes la première personne à qui je le raconte. J'avais dix-neuf ans, mon petit bout de chou était sur sa chaise de bébé, il devait avoir dix mois, peut-être onze, et mon petit bout de chou, je l'ai frappé. Je l'ai giflé, je l'ai giflé très fort. Il était coincé dans sa chaise, c'était l'heure de manger. Il était sans mots, préverbal là, et je l'ai mais très fortement giflé à plusieurs reprises pour une raison que j'ai oubliée. Et évidemment, à part subir les coups, c'est tout ce qu'il a pu faire mon petit garçon.

Après un moment de stupeur, il s'est mis à hurler. Je l'ai pris dans mes bras et je lui ai dit : Maman ne recommencera plus jamais. J'ai parlé de moi à la troisième personne, comme si c'était quelqu'un d'autre qui l'avait frappé. Il avait des traces de doigts sur la joue, son pyjama était mouillé, finalement il s'est endormi dans mes bras. Sa confiance m'a bouleversée. En le posant dans son berceau, j'ai pensé : Ça y est, je suis ce genre de mère.

Les bouts de savon

Un jour, une amie m'a présenté à sa famille en disant que je venais d'un milieu modeste. Elle ne l'a pas dit devant moi, elle a profité du moment où j'étais aux toilettes. Je l'ai entendu en sortant, *il vient d'un milieu modeste*, comme si la pauvreté avait un quelconque rapport avec la modestie, qu'il fallait s'en cacher. Et puis dans *milieu modeste*, il y a modeste, mais il y a aussi milieu. Médiocre. Moyen. *Milieu*, pas milleu comme on prononçait chez nous, *MiLieu*, en détachant bien le *l* entre les deux *i*.

Je les ai rejoints à table, je n'ai rien dit du repas. Je l'ai bouclée. Je m'étais rendu compte au moment de m'asseoir que j'avais oublié de me laver les mains, et j'en souffrais. Les parents de mon amie allaient penser que dans mon milieu, mon milieu modeste, on ne se lavait pas les mains après avoir pissé, pour économiser le savon. Et en plus c'était vrai qu'on économisait le savon à la maison, ma mère faisait fondre les queues de savonnette qu'elle récupérait chez ses patrons. Elle prétendait que ce n'était pas pour gagner trois sous, au point où nous en étions, mais par respect pour les bouts de savon, pour ne pas qu'ils se perdent. *Les choses* ne devaient pas finir à la poubelle, c'était comme ça chez nous, il fallait respecter *les choses* comme on respectait les êtres vivants. Vous trouverez peut-être que ce n'est pas une confidence, cette question de milieu, parce que ça concerne tout le monde, mais justement, pour moi, une confidence, c'est une histoire que l'on garde pour soi parce qu'elle concerne tout le monde. Si elle ne concernait pas tout le monde, on n'aurait pas besoin de la garder pour soi.

Claude

C'était un 11 mars, un samedi, la veille des élections législatives – le jour de l'anniversaire de ma fille.

Le jour de la mort de Claude.

Je suis arrivée boulevard Exelmans en début d'après-midi. Claude était allongé sur son lit avec un mouchoir dans la bouche. Il ne portait pas encore son costume de velours bleu nuit, son costume de chanteur, celui qu'on verrait le lendemain dans la presse. On m'a expliqué qu'il s'était électrocuté en prenant son bain, j'étais priée d'attendre dans le couloir, sans doute la police voudrait m'interroger. J'avais mon appareil Polaroid sur moi, à cause de l'anniversaire de ma fille. J'ai profité d'un moment de flottement pour entrer dans la salle de bains et prendre une photo.

La dernière photo du dernier bain de Cloclo.

J'en ai fait une copie. Vous voulez que je vous la laisse ? Non ? Vous préférez que je vous la décrive ?

Là, c'est la baignoire à moitié pleine. Et là, au-dessus, ce sont les fils électriques de l'applique que Claude a voulu redresser.

Sur le rebord de la baignoire, près du mur carrelé,

ses brosses Marchino, son shampoing sec – il était persuadé que l'eau était un produit dangereux pour les cheveux. Près du miroir, on ne voit pas bien, la raclette pour nettoyer la buée. Claude était maniaque, il le disait lui-même, je n'ai rien inventé. Il ne supportait pas la moindre trace de doigt sur les portes, pas la moindre poussière sur les meubles, même les gouttes d'eau sur les vitres, à la campagne, après la pluie, il fallait les essuyer. Du coup, ça ne m'a pas étonnée qu'il ait voulu remettre l'applique d'équerre. C'était un geste que je lui avais vu faire souvent, redresser un tableau, un livre, justifier une pile de journaux, pincer un pli, ajuster ses revers de pantalon, sa ceinture. Avec Claude, il fallait toujours que les choses soient parallèles ou perpendiculaires, jamais de travers. Lui-même se tenait très droit, et les pointes de ses cols, vous avez remarqué ? Toujours parfaitement symétriques.

On dit n'importe quoi sur la mort de Claude, qu'il s'est électrocuté en changeant une ampoule ou en laissant tomber son vibromasseur dans l'eau, que son cœur a lâché pendant une partie de jambes en l'air avec un travesti du bois de Boulogne, les gens ont beaucoup d'imagination. Changer une ampoule les pieds dans l'eau, tout de même, il faudrait être con. Le bruit a couru qu'il avait été victime d'un complot fomenté par le chah d'Iran, parce qu'il était amoureux de la chahbanou, c'est déjà plus romantique, mais pour quelqu'un qui connaît les goûts de Claude, franchement improbable. D'autres ont prétendu qu'il avait mis en scène son accident pour échapper à des micmacs financiers – une de ses habilleuses était persuadée qu'il était toujours vivant, elle faisait le tour du monde en placardant son image pour le retrouver. Cette femme, l'habilleuse, je l'ai bien connue, j'étais là le jour où son Claude lui a cassé un cintre sur le dos. Motif : elle avait gagné à la loterie. Et pas lui. Il était mauvais joueur, c'est peu de le dire. Il détestait perdre. Perdre au jeu, perdre confiance, perdre la vie... il avait très peur de mourir, il en parlait souvent, même à moi, la petite secrétaire, il en parlait. Trois fois on lui avait prédit qu'il allait mourir jeune. Sa mère et lui étaient accros à la voyance, ils rêvaient d'une vie après la vie, c'est le moyen qu'ils avaient trouvé pour échapper à la mort.

Je suis moi-même un peu voyante, je peux le dire aujourd'hui, c'est pour cette raison que Claude m'avait engagée à son service. Voyante, tendance médium. Je suis capable de me projeter aussi bien dans le futur que dans le passé. Vous allez peut-être vous moquer, c'est pour ça que j'hésite en général à en parler, parce que les gens se moquent, mais c'est un fait : un soir en me concentrant j'ai revécu une scène de l'enfance de Claude.

Vous voulez que je vous la raconte ? Ça vous intéresse pour votre livre ?

Nous sommes en Égypte, il fait très beau, Claude joue aux dames avec sa sœur aînée dans le patio, à l'ombre. Je les vois comme je vous vois, mais eux ne me voient pas. Elle triche pour le faire enrager, il se met en colère. Ses yeux brillent, il devient tout rouge et se perche sur la pointe des pieds, arqué en arrière, comme un coquelet dressé sur ses ergots.

J'entends un bruit (on est toujours dans la vision, parce qu'on dit vision, mais il y a des sons aussi, et même parfois des odeurs), je me retourne, donc : c'est leur père qui arrive. Il rit en découvrant son fils dans cet état. Pour le taquiner, il le traite de danseuse sur pointes, danseûse, il dit avec son accent lyonnais, ce qui rend Claude encore plus furieux, danseûse, danseûse, danseûse, comme un disque rayé – la vision s'arrête là, sur ce mot dix fois répété.

Avouez que son père avait de l'intuition.

Pauvre Claude, trente-neuf ans, la même année que Colas, vous êtes trop jeune, vous n'avez pas connu Alain Colas, le navigateur disparu en mer pendant la première Route du Rhum, comme quoi l'eau, il faut s'en méfier, et pas seulement pour les cheveux. Le Polaroid de la salle de bains, vous devriez le prendre pour illustrer ma confidence, ça couperait court aux rumeurs. Encore aujourd'hui, on raconte n'importe quoi. J'ai un collègue médium qui prétend que la lampe était maléfique, il lui fallait une vie, elle l'aurait appelé, *Claude !* *Claude*, comme si les fils dénudés captaient la radio… Sans aller jusque-là, on peut penser qu'un grésillement a attiré son attention. Claude s'est levé, il a vu l'applique de travers, c'était insupportable pour lui, le travers, alors il s'est mis sur la pointe des pieds… Non, il n'a pas eu besoin de se mettre sur les pointes, j'invente, c'est tentant d'inventer, autour d'une personnalité aussi exceptionnelle, ce n'est pas vous qui me direz le contraire.

C'était quelqu'un, Claude. La vérité, c'est que je l'ai beaucoup regretté *(silence).*

Et j'ai également beaucoup regretté autre chose *(silence).*

Quelque chose que je n'ai jamais dit à personne. Quand je suis entrée dans la salle de bains, je n'ai pas seulement pris une photo. J'ai pris ça, aussi[1].

---

1. Après son départ, je découvris sur la table un objet métallique qui tenait de la pince à escargots et du spéculum. Je le montrai au pharmacien du coin de la rue qui m'assura qu'il ne s'agissait pas d'un instrument à usage médical comme je l'avais cru, mais d'un simple recourbe-cils. Un outil, avais-je pensé, pour ouvrir les yeux. Un outil qui gardait l'empreinte du regard de Claude.

J'y étais

Elle s'assied et décline d'emblée son identité.

Ça ne lui suffit pas ; d'un trait, elle ajoute son âge (quarante-huit ans) et précise qu'elle habite depuis quinze ans près du stade, la petite rue le long du square.

Quand je lui rappelle le caractère anonyme des confidences, elle rit, comme si le fait que je ne puisse pas la voir l'autorisait à se moquer de moi. Je repense à la poire blette du *Bonheur des Fruits*. La femme parle d'une voix tonique, mais rien de ce qu'elle raconte ne retient l'attention. Impression de déjà-vu, déjà entendu. Elle ne se confie pas, elle empile les anecdotes sans jamais vraiment chercher mon adhésion. Je pourrais me lever, aller aux toilettes et revenir, elle serait toujours là à jacasser. Je me demande ce qui l'a poussée à prendre rendez-vous. Sans doute est-ce simplement pour pouvoir dire à ses copines : j'y étais.

Quand elle commence à me parler des problèmes de couple de ses voisins, je me retiens pour ne pas enlever mon bandeau et le lui coller sur la bouche.

Après son départ, je regrette de l'avoir laissée se noyer dans son bavardage – et de m'être laissé agacer au point de rester impassible, murée dans un silence hostile. Il y avait sûrement derrière son agitation quelque chose à sauver, quelque chose à entendre. Il aurait suffi peut-être que je lui pose une question. Pourquoi avait-elle tenu absolument à décliner son identité ? Ma capacité d'abstraction s'amenuise, comme si, mes oreilles se faisant plus fines, la frontière entre l'intérieur et l'extérieur devenait poreuse.

Au *premier shampoing*

Son témoignage tient en peu de mots. Depuis quelques années, raconte-t-elle d'une voix douce, je suis bénévole aux Restos du Cœur. Un jour, j'ai reconnu mon oncle dans la queue. Il avait beaucoup grossi, ses cheveux très sales tombaient comme des baguettes autour de son visage, sa chemise sortait de son pantalon, j'ai pensé qu'il n'aimerait pas que sa nièce le voie ainsi. Ce n'était pas de l'indifférence, au contraire, je l'ai ignoré pour le protéger. Je suis passée à l'avant du camion, je ne sais pas si j'ai bien fait. Est-ce que j'ai bien fait ? On se moquait souvent de lui dans la famille, on disait qu'il n'était pas méchant, mais qu'il ne moussait pas au premier shampoing.

Maquillage

Il voudrait, dit-il, mettre du rouge à lèvres et se maquiller les yeux tout en restant un homme. Il voudrait que son ami l'aime parce qu'il est un homme, et non pour son côté féminin. Il préfère le mot *gay* plutôt que le mot *homo*. Homo, ajoute-t-il le plus sérieusement du monde, ça me fait trop penser à la lessive.

Hier, enchaîne-t-il, j'ai reçu une publicité pour un maquillage permanent des lèvres et des sourcils – à votre intention, messieurs, désireux de montrer une image propre et soignée. Rendez-vous confidentiels, discrétion assurée.

Discrétion ? Qui parle de discrétion ? Je ne tiens pas à être discret, l'idée même de la discrétion me met en colère. J'ai passé l'âge de jouer à cache-cache avec mes semblables. Il m'arrive de porter des pendentifs aux oreilles, ceux que j'ai hérités de ma grand-mère, je trouve qu'ils me vont bien. Ils m'allongent le visage. Dans la rue, avant, on m'aurait traité de folle, folle dans le sens pédale, avec le petit doigt en l'air et l'accent affecté qui va avec, maintenant ça passe mieux.

Les gens sont soit prudents, soit indifférents, je ne sais pas ce que je préfère. Parfois je rencontre un sourire, là non plus je ne sais pas si c'est pour approuver mon choix esthétique ou pour se moquer de moi.

Mon compagnon me prévient : Arrête avec tes conneries, un jour, tu vas te faire casser la gueule.

Ça prouve qu'il tient à moi.

À défaut de maquillage permanent, j'applique un léger mascara pour allonger mes cils, de la racine à la pointe, j'ai bien compris le geste grâce à un tutoriel trouvé sur Internet. Je ne sais pas exactement quand les hommes ont arrêté de se maquiller les yeux, de se poudrer, de mettre du rouge aux joues, de porter des perruques, des moustaches de taffetas, et si cette pratique était réservée à la noblesse. Est-ce que les hommes du peuple se maquillaient certains jours de l'année ? Je ne suis pas un petit marquis, si vous pouviez me voir, vous comprendriez tout de suite ce que je veux dire. J'ai un gros nez, des lèvres épaisses, je suis quelqu'un qui aime vivre et jouer. Jouer avec mon image, jouer avec les animaux, jouer avec les enfants, même si, en l'occurrence, je n'ai pas envie d'en avoir à la maison.

Ni animaux ni enfants, c'est net et carré.

Je n'aime pas la dépendance que cela implique, j'ai l'impression que je ne serais jamais assez disponible pour eux et qu'ils m'en feraient le reproche. Même les plantes vertes m'agacent, ça m'angoisserait d'avoir une grande plante comme la vôtre à temps complet dans mon salon. Je ne supporte pas l'idée que sans moi elle crèverait.

Dans la nature, c'est différent. J'aime bien les arbres. Certains ont des fleurs hermaphrodites, avec des graines qui sont conçues pour partir le plus loin possible de leurs troncs, d'autres lancent des bras immenses sous la terre. Ma façon de me reproduire n'est pas si différente. Je produis des rejets. Je drageonne. Plus les graines seront loin de moi, mieux je me sentirai. Ce que je veux dire par là ? Eh bien… Je prends régulièrement le train pour Paris, je vais à l'hôpital Cochin et je donne mon sperme.

Voilà, vous connaissez mon secret. C'est difficile à partager de but en blanc, un secret, il faut le contexte. Et le contexte, le voici : un homme qui aimerait pouvoir se maquiller tout en restant pleinement un homme.

Peut-être que mes enfants, ces enfants que je ne verrai jamais, ceux que j'ai engendrés à distance, vivront dans un monde moins divisé. Quoi qu'il en soit, quand je serai très vieux, je mettrai du fard bleu sur mes paupières, ce qu'il restera de mes paupières, comme une vieille star hollywoodienne, je porterai des gants de cuir, et je demanderai qu'on m'enterre en costard de marque sous un figuier, avec du rouge à lèvres fuchsia, les pendentifs de ma grand-mère et de belles chaussures d'homme, de celles que l'on ne sort que pour les grandes occasions.

Cantine

Une Parisienne d'un certain âge (c'est elle qui se définit ainsi) me livre allègrement ses souvenirs de cantine. Elle a le verbe haut et précis. Je repense à Clarisse, sa langue pointue et sa manière de coller son plateau à touche-touche contre celui de sa nouvelle amie. La Parisienne me décrit par le menu une cervelle d'agneau qu'elle avait été obligée de goûter malgré son dégoût pour la chose. Ploc, ploc, ploc, mime-t-elle, si l'on peut mimer avec des sons. J'imagine que ses mains ondulent pour imiter la consistance gélatineuse de la cervelle nageant dans son jus. Je pense au philodendron que je n'ai pas arrosé, j'avais rempli la bouteille qui me sert d'arrosoir, mais la femme était arrivée en avance, la Parisienne qui parle et parle réfectoire, saveurs et consistances ; elle se souvient de ces poireaux mal lavés, impression de mâcher un chewing-gum tombé dans le bac à sable, puis elle évoque un bifteck mangé avec appétit cette fois, jusqu'à ce qu'elle apprenne qu'il s'agissait de viande de cheval.

L'image de la cervelle est aussitôt balayée par celle

du bifteck dans son estomac, ce morceau de cheval qui la constitue encore aujourd'hui comme les expériences constituent chaque être humain, affirme-t-elle, les creusant, les modelant, et je pense que son récit suivra le même chemin dans mon esprit, entendu, analysé, métabolisé mais aussi détourné par mes propres souvenirs. Je me revois sautant à califourchon sur les genoux de mon grand-père, au pas, au trot, au galop, il est la monture et je suis sa cavalière, ses bras en guise de rênes, je m'agrippe à ses pouces calleux, on commence doucement, saignant, saignant, saignant, puis la cadence s'accélère, à point, à point, à point, à point, le cheval s'emballe, bien cuit, bien cuit, bien cuit, patatras ! Mon grand-père écarte les genoux et je tombe entre ses jambes, il éclate de rire – la femme parle toujours, mais la musique de sa voix l'emportant sur le sens de ses mots, je marque un instant de surprise quand elle me demande : Je laisse la porte entrouverte en sortant, ou je la referme ?

Après avoir pris quelques notes, je me retrouve à mon tour dans l'ascenseur d'assez bonne humeur, portée par le souvenir du rire de mon grand-père. Je me couche tôt, mais me réveille à deux heures du matin avec la gorge qui brûle. Je revois la bouteille en plastique posée près de l'évier : j'ai oublié d'arroser le philodendron avant de quitter l'appartement. Je m'en veux. J'ai du mal à me rendormir, je sens dans ma bouche la consistance molle de la cervelle, la terre des poireaux, les fibres du bifteck, faut-il vraiment que j'avale toutes ces choses qu'on me raconte ? Et non seulement que je les avale, mais que je les rumine pendant la nuit? Ça commence à faire beaucoup, le ver de terre sur le grillage, les doigts dans le cul de la poule, les cicatrices frottées à la brosse à dents, la pointe du compas enfoncée dans la cuisse, les morceaux de corps dans des sacs en plastique et maintenant la cervelle. L'écrivain tient de la vache. Combien d'heures lui faut-il pour métamorphoser un carré de prairie en un litre de lait? Passer du solide au liquide, du vert au blanc... Je me demande quelle est la différence entre le verbe *paître* et le verbe *brouter*. Dans sa grande lenteur, la vache tourne et retourne sa langue. Écrire est une histoire de temps. Je m'endors en écoutant la radio, et je retiens, juste avant de sombrer, cette citation qui correspond assez bien à l'état dans lequel je me trouve à cet instant: *Ou bien je rêve, ou alors il pleut*[1].

Le lendemain, deux feuilles du philodendron sont tombées. Deux feuilles comme un écho. Je les glisse entre les pages du livre de Meyerhold alors que déjà la sonnette retentit. Le temps d'arroser, de nouer mon bandeau, je serai assise à ma place. L'eau déborde

---

1. En consultant les programmes, j'apprends qu'il s'agit d'un extrait des dialogues de *Jules et Jim*, le film de François Truffaut.
— *Ou bien je rêve, ou alors il pleut.*
— *C'est peut-être les deux?*
La seconde phrase est prononcée à l'unisson par Oskar Werner et Jeanne Moreau.
On retrouve quasiment la même réplique dans *La Nuit des rois* de Shakespeare: *Or I am mad or else this is a dream.* Mais personne n'est là pour suggérer qu'il puisse s'agir des deux choses à la fois.

de la coupelle. Une légère peur m'envahit. J'aime-rais entendre une confidence apaisante, je croise les doigts, j'ai besoin de douceur comme le philodendron avait besoin d'eau.

Les majorettes et la scolopendre

Timbre chantant, débit rapide. Léger zozotement, qui tient plus de la coquetterie que du défaut de prononciation. Drôle au premier abord. Vient me parler de ses préférences. Avant, il adorait les patineuses artistiques, mais avec le réchauffement climatique, sa cible a changé : depuis quelque temps, il s'emballe pour les majorettes en tenue de parade. Plus encore que la jupette, l'aspect militaire de la chose l'excite. Toutes pareilles. Toutes différentes. Toutes au pas, sous la contrainte, au service de leur costume.

Ce ne sont pas forcément les jolies filles qui retiennent son attention, au contraire, il dit être touché par la disgrâce. Ou plus exactement, la disgrâce le touche. Pas la sienne propre, non, celle des autres. Suivent les descriptions :

Jambes fortes, renflements à la fourche des bras, culottes et queue-de-cheval, seins qui dansent.

Ou encore torse creux, pas de fesses, pas de poitrine, rien. Les genoux comme des petits cerveaux.

Elle a le souffle court ? Il imagine qu'elle le prend dans sa bouche.

Elle a des ongles rongés? des mains puissantes?
Quand elles se referment sur le bâton il a l'impression
qu'elle lui saisit la queue.

Tout ce qui cloche retient son attention. Les ratés,
les chutes, les lacets qui se défont, les pas à contre-
temps et les crochets tordus.

Depuis toujours – la voici, la vraie confidence –, la
beauté l'intimide. Elle le met à distance. Pas de brèche
pour engouffrer son imagination. Pas de pierre ni
d'écorce où se cacher.

C'est mon côté souillon, ricane-t-il, mon côté scolopendre.

Il s'éclaircit la voix, tousse, ramone, comme si l'in-
secte aux mille pattes lui était descendu dans la gorge.

S'il y avait plus de types comme moi, pas trop exigeants
sur la marchandise, il y aurait moins de célibataires.
Quoique. Quand on regarde bien, au boulot par
exemple, ce sont les plus belles qui sont seules. Les
autres se marient, elles se contentent de ce qui vient.
Elles sont prêtes à faire des compromis.

Les moches, conclut-il, j'ai de l'affection pour elles,
parce qu'elles ne la ramènent pas. En général, bien
sûr, je parle en général, toutes les moches ne se valent
pas, il y a aussi les frustrées, les complexées, alors là
c'est une autre paire de manches, mais les moches qui
savent qu'elles sont moches et qui l'assument, ce qui
est le cas de la majorette, la majorette moche assume
qu'elle est moche, elle montre ses cuisses, le gras de
son ventre, le bourrelet à la sortie des bottes, la majorette moche, à mon avis, c'est un bon plan. Elle est
gaie, elle a le sens du rythme, le sens de la collectivité,

le sens de l'obéissance et une musculature bien développée.

L'homme se racle encore la gorge. Je l'imagine le dimanche, traînant à la sortie des vestiaires des gymnases municipaux, ou profitant du verre de l'amitié pour faire de nouvelles rencontres. Je lui demande s'il va souvent voir les défilés, mais non, à ma grande surprise, il n'y va jamais. Sa connaissance de la psychologie des majorettes est purement théorique. Il se contente de regarder les images sur le Net. Et de se (*hum, hum*).

C'est drôle, il ne prononce pas le verbe. Il fait *hum, hum* à la place.

Comme je reste silencieuse, il me demande si j'ai des questions à lui poser. Il est à ma disposition.

Je lui réponds que non. Je le remercie. Je me dis qu'en sortant il regardera mes jambes, alors je les ramène sous ma chaise et, sans plus bouger, j'attends qu'il referme la porte de l'appartement derrière lui.

Quelques minutes plus tard, mon téléphone sonne. C'est la Mairie. Ils veulent venir chercher le philodendron, qu'ils n'appellent pas philodendron, mais caoutchouc, on se comprend, caoutchouc, ficus, philodendron, oui, là, tout de suite, si on vient le chercher, ça vous dérange ?

Les trois employés municipaux dépêchés pour cette mission ont toutes les peines du monde à faire passer la plante par la porte du salon. Ils sont d'une délicatesse inouïe, développant toutes sortes de stratégies pour éviter de casser des tiges. Le pot est soulevé et

mis sur un diable. L'un pousse, les deux autres diri-
gent, comme ils dirigeraient un camion dans une rue
étroite. Autour de la coupelle, il y a des traces d'eau.
Je repense aux bergers allemands. On dit lever la patte
(pour les chiens), lever le pied (pour les humains),
lever le voile ou les yeux au ciel, les mots tournent, les
récits se mélangent, je commence à saturer – encore
quelques jours à tenir et les entretiens seront terminés.
Après une bonne demi-heure de manœuvres, la plante
est sur le palier. Les employés se lavent les mains et
prennent congé. Je balaye la terre qui est tombée sur
le parquet flottant. Je me demande si les confidences
auraient été les mêmes sans la plante. Je pense une
scolopendre, pas un, mais une scolopendre, et je revois
l'homme s'enflammer pour les majorettes. Enfin je le
revois, si l'on veut.

Le lendemain matin, j'arrivai très en avance à l'appartement. La table et les deux chaises semblaient toutes petites, perdues dans le salon. On aurait dit des meubles pour enfants. La grue était à l'arrêt, un bloc de béton au bout de son bras, le temps semblait suspendu. Je me sentais vacante, livrée à moi-même en l'absence du philodendron. Un peu trop grande, en comparaison, comme si mes jambes avaient poussé pendant la nuit. Je m'assis par terre dans un coin de la pièce. Je regardais sans regarder, l'esprit ailleurs, le dos appuyé contre le mur. Ce n'était pas désagréable finalement, ce vide qui avait remplacé la plante, ça laissait encore plus de place aux confidences. J'étais cet homme qui, la nuit, s'installait devant son aquarium pour observer les poissons. Ce lycéen romantique encerclé par l'amour. Je n'avais pas envie de lire ni de travailler. J'avais envie d'attendre. J'attendais.

Ce que j'attendais? Qu'est-ce qu'on peut bien attendre au mois de novembre, loin de chez soi, dans une pièce nue, sur un parquet flottant? Un ami peut-être. Quelqu'un que l'on a perdu de vue. Un inconnu.

Ou un père, pourquoi pas. Un papa.

Je n'avais pas prévu d'écrire ce genre de chose, ce n'est ni le moment ni l'endroit, mais c'est bien ce qui m'était apparu ce matin-là : celui que l'on attend, les yeux fermés, c'est celui qui ne viendra pas. Celui qui manque, qui a toujours manqué. Celui qu'on a perdu, mais pas seulement de vue. Perdu tout court. Celui dont on aimerait partager ne serait-ce qu'un secret. Est-ce trop demander ? Un secret, partager un secret avec son papa, pour en finir avec le silence.

Je me revoyais parcourir la ville, mon rouleau de scotch à la main, posant de porte en porte les affichettes comme autant d'avis de recherche. Parmi les hommes qui étaient venus me parler, il y en a un qui m'avait fait penser à mon père. Son message tenait en une phrase, aussi brillant qu'énigmatique : L'apaisement, avait-il répété, lui pèserait plus que le remords. La honte le gardait vivant.

Mais mon père n'était pas vivant. Il était mort à trente-six ans dans un accident de voiture. Rien ne l'avait sauvé, ni la séduction, ni l'orgueil, ni même le talent. Et s'il revenait me voir le temps d'une confidence, il aurait autre chose à me raconter que des histoires de casseroles et de capitons. Il me dirait que chaque enfant qu'il avait engendré était un cadeau. Il dirait aussi qu'au moment de mourir il aurait aimé que nous soyons tous avec lui dans la voiture, les enfants qu'il avait reconnus, ceux qu'il n'avait pas reconnus et ceux-là mêmes dont il ignorait l'existence, et comme le père des jumeaux écrasant d'un coup de talon un champignon poussière, il nous aurait vus disparaître en fumée. Pas mourir, non, nous envoler dans le ciel. Légers, légers, tous ses petits autour de lui.

Quand on roule à tombeau ouvert, on les prend comment, les tournants ? Au frein ou à l'accélérateur ?

Je repensai au nounours assis à la place du mort avant d'être abandonné sur la route, contre un poteau, avec une ficelle autour du ventre. Je pensai à la femme qui s'était jetée de la falaise. Elle avait marché droit vers la mer. Au bord, elle ne s'était pas arrêtée.

Ce n'était pas une femme, cette fille, c'était un appel d'air.

*

La sonnerie de l'interphone vint effacer l'image du corps sur les galets. Ça doit faire tellement mal, quand on tombe. Je me levai lentement, il fallait y aller. Je contournai l'empreinte de la coupelle du philodendron comme on évite de marcher sur les lignes du trottoir, par superstition. J'attrapai mon bandeau au passage. Il était plus souple qu'au début, plus doux me semblait-il. Je pris trois grandes inspirations pour me réveiller tout à fait, et c'est avec un léger vertige que j'accueillis le visiteur suivant.

Pour lui qui découvrait les lieux, il n'y avait pas de différence. Il ne savait pas comment c'était avant, cette ambiance de serre, ce côté reclus. Il acceptait les choses telles qu'elles se présentaient. Une table de travail, rectangulaire, des chaises assorties. Une femme habillée en bleu avec un bandeau noué autour de la tête. Des fenêtres, un parquet, une marque d'eau.

Je ne viens pas déposer une confidence, lâcha-t-il

sans attendre d'avoir repris son souffle. Je viens pour une confession… Vous recueillez aussi les confessions, c'est bien ce qui est écrit dans l'annonce ?

L'homme se mit à tousser. Peut-être a-t-il couru, pensai-je, peut-être est-il monté jusqu'au cinquième étage à pied, peut-être est-il claustrophobe, il n'utilise jamais l'ascenseur, ne supporte pas d'être enfermé. La ponctuation l'oppresse, les parenthèses, les points, tous les points, sauf ceux de suspension. On dirait qu'il les prononce à voix haute, ces points-là, qu'il les érige en sémaphore. Vert, orange, rouge… Ne serait-il pas préférable, suggère-t-il en suspendant ses phrases, que nous en restions là ? Mais non, le voilà qui reposait sa question : Vous acceptez aussi… les confessions ?

L'acoustique a changé depuis le départ de la plante. Plus métallique, plus vibrante. J'imaginai l'homme assis en équilibre sur le bord de la chaise. Sa voix me rappelait quelqu'un que je connaissais, un personnage public peut-être. Acteur ? Homme politique ? Je me demandai ce qu'était devenu le philodendron, s'il faisait le pied de grue dans le hall de la mairie ou s'il avait été adopté par un élu qui aurait perçu ses qualités bienfaisantes. Un objet atterrit devant moi, je sursautai, mon dos se redressa.

N'ayez pas peur, dit l'homme, c'est juste un cahier à spirale. Un cahier blanc dans lequel je me noie. En général on parle de trou noir, mais là, non, là…

À tâtons je trouvai le cahier, le feuilletai un instant avant de le reposer sur la table. La couverture était lisse et froide comme si elle sortait du frigo, je repensai à cette femme qui m'avait noté ses coordonnées sur un bout de papier, elle voulait m'inviter à dîner. Je m'étais sentie traquée, trop impliquée, je préférais quand les confidents ne s'intéressaient pas à moi, qu'ils me laissaient à ma place, invisible comme sont invisibles les enfants qui se cachent les yeux. L'homme parlait encore de ce trou dans lequel il perdait pied, je dus plisser le front car il me demanda ce qui n'allait pas, alors tout se passa très vite : il saisit le cahier et se leva en s'excusant de m'avoir fait perdre mon temps. Il allait partir, me laisser tranquille. J'essayai de le retenir, sans succès. Alors que j'insistais pour qu'il me donne au moins les raisons de son départ, il lâcha, sans hésiter cette fois : À quoi ça sert de parler, si vous refusez de m'écouter ?

Sa remarque me blessa, j'y repensai tout le reste de la journée, au point de passer totalement à côté de la confidence de la jeune fille qui lui succéda. Je me sentais coupable, mais coupable de quoi ? De rien, je n'étais coupable de rien, et pourtant... Comment justifier le fait de ne pas avoir gardé le cahier à spirale, pourquoi l'avais-je reposé sur la table, repoussé légèrement vers lui, car oui, je l'avais repoussé, très légèrement mais repoussé tout de même, qu'y avait-il de si embarrassant à l'accepter ?

Je me surpris à attendre un signe de l'homme, un message qui me donnerait l'occasion de me rattraper. En fin de soirée, quelqu'un se connecta au site et s'inscrivit pour le lendemain après-midi.

*

Le voilà qui entrait dans le salon, même démarche légère, même poids sur la chaise, devant, derrière, à faire chanter le bois.

Je récidive, commença-t-il, et ce verbe résonna étrangement.

Je n'attends pas de consolation de votre part, poursuivit-il après un temps d'arrêt, juste un peu de compréhension. Je suis désolé pour hier, j'étais affreusement mal à l'aise, tout ceci est tellement... Tellement personnel.

On aurait dit que la pièce était encore plus vide que la veille, comme si non seulement la plante, mais l'esprit de la plante avait déserté les lieux, laissant toute la place à la voix de l'homme. Je souris pour l'encourager à poursuivre.

C'est une affaire qui remonte à l'adolescence, expliqua-t-il, une affaire qui a débuté comme hier, et comme aujourd'hui : autour d'une table. Un matin, pendant les vacances de la Toussaint, mon père m'a convoqué dans son bureau. Il m'a prié de m'asseoir à la place des employés et a déclaré qu'il était au courant de ce que j'avais fait. Il trouvait ça dégueulasse, il n'y avait pas d'autre mot.

Puis il a trouvé d'autres mots : Ignoble. Monstrueux.

Il m'a menacé de me dénoncer à la police si je n'adoptais pas une attitude exemplaire. Il espérait ne pas avoir à le faire, tant pour me protéger que pour protéger l'honneur de la famille. Mon père est un homme droit, apprécié dans son entourage, montré en modèle. La menace a plané jusqu'à ma majorité. J'ai eu beau protester, lui demander sur tous les tons de quoi il m'accusait, il se taisait. À mon avis, il ne savait rien, il ne pouvait rien savoir, et pourtant il me répondait en me regardant droit dans les yeux : Tu sais très bien ce que tu as fait.

Malheureusement oui, je le savais, mais je m'obstinais à lui répondre que je n'avais rien fait, ce qui n'était pas faux non plus.

Voilà ce que je peux vous raconter, conclut l'homme après un court silence. Le reste est ici.

Je pris le cahier cette fois et le remerciai de sa confiance. Où devais-je le déposer pour le lui rendre ? Est-ce qu'il préférait venir le rechercher ?

Des bruits de pas en guise de réponse. La porte du salon qui se referme doucement.

J'enlevai mon bandeau. Une lumière étrange baignait la pièce. J'avais l'impression que tout autour de moi les contours s'estompaient. L'appartement prenait ses distances. Mon regard fut attiré par quelque chose qui bougeait derrière la fenêtre. Et ce quelque chose, c'étaient des flocons. Les toits étaient recouverts d'une fine couche de neige, assortie aux murs du salon. Blanche, comme la couverture de papier glacé, comme le bandeau opaque, je me sentais emportée dans une grande boucle qui, partant de mes mains, finissait dans mes mains. Ces mains inutiles, sans stylo. Encore quelques minutes, et j'allais à mon tour, pfft ! disparaître. Je rejoindrais les jumeaux dans la forêt, la poupée de chiffon, et celle piquée d'aiguilles. Je recommençais à tourner en rond. Il était temps de lire la confession de l'homme et de sortir à l'air libre. À peine avais-je ouvert le cahier que j'entendis le parquet craquer. Je fis volte-face : il était là qui me regardait.

Enfin je vois vos yeux, dit-il en souriant.

Je dus avoir un mouvement de recul, car il inclina son visage, comme un enfant qui cherche à se faire pardonner. Il était plus grand que je ne l'avais imaginé, plus beau aussi, très beau même, une beauté particulière, ou pour être plus précise une beauté qui me touchait particulièrement.

Je pensais que vous étiez parti, je ne...

C'était à mon tour de ne pas terminer mes phrases. Je lui expliquai que je ne pourrais pas utiliser son témoignage, puisque le principe, clairement exposé dans l'annonce, était l'anonymat des participants (en ce qui le concernait, je préférais appliquer strictement la règle). Il réfléchit, haussa les sourcils. Il ne voulait pas admettre ma décision. Il s'était déplacé tout de même, avait fait la démarche de venir jusqu'ici, il insista, c'était très important pour lui, je le laissai insister. J'aimais le regarder parler. Un monde nouveau s'ouvrait, un monde où les paroles étaient portées par des mouvements de lèvres, des mouvements de mains, des regards et des expressions. Une sorte d'ivresse s'empara de moi. L'ivresse de voir.

L'homme parlait toujours, il voulait me convaincre d'adopter son histoire. Après avoir tourné la chose dans tous les sens, il parut tenir la solution. Je vais vous payer, proposa-t-il, pour que vous écriviez un texte sur moi, ou plutôt ce que vous saurez de moi quand vous aurez lu ce qu'il y a dans le cahier. Peut-être que sous votre plume, je trouverai grâce à mes yeux. Prenez ça comme une commande… Voilà, je vous commande un texte… Vous n'allez pas refuser, qu'est-ce que ça vous coûte ? Je suis sûr que vous avez besoin d'argent.

Sa voix était douce, à la limite du chuchotement. Il sortit un billet de cent euros de la poche intérieure de son blouson, puis d'autres billets de son portefeuille, en tout trois cent cinquante euros qu'il posa sur la table et repoussa vers moi, en me disant qu'il s'agissait d'un acompte, il m'enverrait le reste plus tard. J'avais envie d'accepter, en effet, j'avais vraiment besoin d'argent. Son sourire était désarmant.

Alors, insista-t-il, vous voulez bien ?

Sa voix tremblait maintenant, et c'est cette faille, je crois, ce tremblement qui m'obligea à revenir sur terre. J'avais peur soudain, et peur rétrospectivement. Qu'avait-il fait pour que son père parle de le dénoncer à la police ? Était-ce grave, si grave, et pourquoi avait-il parlé d'un trou au début, un trou blanc ? C'était quoi, ce rien dans lequel on pouvait perdre pied ? Quoi à l'intérieur du cahier ? Son émotion lors de sa première visite, la veille, sa façon de respirer, comme s'il avait couru… Je me levai précipitamment pour sortir de la pièce. Il se mit en travers du chemin. Je cherchai mon téléphone, il n'était pas dans ma poche, j'avais dû le laisser dans mon manteau. Je vis le moment où l'homme allait me prendre dans ses bras. Mais il ne me prit pas dans ses bras. Il me repoussa d'un geste brusque. Vous êtes comme mon père, dit-il entre ses dents, exactement comme mon père, et il s'enfuit sans se retourner, abandonnant les billets sur la table.

Et le cahier.

*

La première page était vide. Sur la seconde s'étalait la confession. Un texte court, sans concession, que je lus et relus, comme si en passant plusieurs fois mes yeux sur les phrases je pouvais en désamorcer la violence.

Effectivement, l'homme n'avait rien fait, il avait laissé faire, et c'était pire que s'il avait fait. Il n'avait pas l'excuse de s'être laissé emporter par la colère ou par l'alcool. Je me revoyais quelques semaines plus tôt devant l'écran de mon ordinateur, découvrant le premier message reçu sur le site des confidences. Cette gamine, *finie à la pisse*. Même impression d'impuissance, de désolation. Je devais quitter l'appartement, je ne supportais plus d'être là, enfermée avec tous ces mots. Je rangeai le cahier et les billets au fond de mon sac, pris au passage le recourbe-cils, le livre de Meyerhold et les deux feuilles de philodendron qui commençaient à perdre leur couleur. Je descendis par l'ascenseur, l'écharpe grise autour du cou. Il ne neigeait plus, le ciel était dégagé, comme si l'homme en partant avait avalé les nuages. Tout semblait calme, plus calme que d'habitude. On n'osait pas sortir sa voiture. On marchait lentement de peur de glisser. Dans la soirée, je me sentis fiévreuse, j'avais mal aux jambes, mal à la gorge et aux oreilles. Le lendemain matin, je téléphonai à la Mairie pour les prévenir que j'étais malade. Je ne pourrais pas recevoir les derniers participants. Il fallait que je me repose. Que je rentre chez moi. Ils furent très compréhensifs, ils s'occuperaient de tout avec la bibliothécaire et le gardien de l'immeuble, la table, les chaises, la gestion des rendez-vous annulés – on proposerait aux personnes qui se présenteraient d'envoyer leurs récits sur le site, je ne devais pas m'inquiéter. Mon interlocutrice de la Mairie espérait que je reviendrais au moment de la sortie du livre. J'en profitai pour demander des nouvelles du philodendron, elle parut étonnée, il allait bien, très bien, d'ailleurs elle l'apercevait de là où elle était assise. Depuis son installation, il semblait avoir repris du poil de la bête. Je fis semblant de m'en réjouir – je dois avouer que ça me vexait un peu que la plante ait aussi bien supporté la séparation.

Après le coup de fil, je voulus revoir une dernière fois l'appartement, mais arrivée dans le hall, je n'eus pas le courage de monter. Le bandeau resterait à cheval sur le portemanteau, comme le ver sur son grillage. J'enlevai l'étiquette placée sur la sonnette. Les confidences fermaient boutique. Une page se tournait. Il était temps d'écrire. De mettre du silence derrière moi.

*

Une dizaine de jours plus tard, je trouvai dans ma boîte aux lettres une enveloppe matelassée contenant un tissu. Je crus que le postier de Libourne m'envoyait le lange et la photo pour que je les fasse suivre si quelqu'un me contactait par le site, mais non, il s'agissait du bandeau que la bibliothécaire avait récupéré dans l'appartement. Au début, elle pensait le garder et me le donner quand je reviendrais, mais elle s'était dit que j'en aurais peut-être besoin pour écrire – même si écrire les yeux fermés, selon elle, présentait quelques difficultés.

Il en a tellement vu, ce bandeau, ajoutait-elle, et sa remarque me parut si pertinente que j'eus envie d'être avec elle, soudain, envie de tout lui raconter : le cahier blanc, l'argent, le départ du dernier confident. Je la revoyais traçant sur le plan de la ville des petites croix aux endroits où je devais selon elle poser mon affichette. Dans l'enveloppe qu'elle m'avait adressée, il n'y avait pas seulement le bandeau. Il y avait aussi une carte postale qui représentait un tableau de Fra Angelico (ou de son école, précisait la légende). On y voyait des jumeaux penchés sur un homme qui dormait paisiblement, les bras croisés sur la poitrine. En regardant de près, on comprenait que les deux frères lui greffaient une jambe pendant son sommeil. Une jambe fine et élégante, aussi noire que la peau du dormeur était blanche, et ça semblait marcher, pourquoi ça n'aurait pas marché ? Il n'y avait pas besoin d'outil, ni scalpel ni aiguille pour recoudre, il fallait juste y croire. En bas du lit, sur la gauche en regardant le tableau, se trouvait une paire de pantoufles toute prête à accueillir les deux pieds du dormeur. Deux pieds de différentes couleurs.

La bibliothécaire me disait au verso qu'elle rentrait de Florence où elle avait découvert ce tableau qui lui avait fait penser à moi, à ma façon de mélanger mon histoire à celle des autres. Elle espérait que le travail avançait bien. Elle avait hâte de lire. En post-scriptum, elle ajoutait qu'elle était venue me faire une confidence dans l'appartement; elle se demandait si j'avais reconnu sa voix.

Non, je n'avais pas reconnu sa voix. Je passai en revue les confidences, il y en avait plusieurs qui auraient pu lui correspondre, mais dans l'incertitude je me disais qu'il valait mieux ne pas chercher. Ce que m'avait raconté la bibliothécaire appartenait à un autre monde, la porte était fermée maintenant, l'appartement sur le point d'être investi par de nouveaux occupants qui ne sauraient jamais rien du postier de Libourne et de sa tendre obstination.

Je lavai le bandeau à la main en pensant à la photo des lits dans la grande salle de ce que j'avais imaginé être un orphelinat. J'avais l'impression de l'avoir vue, cette photo. D'être rentrée dedans. Je connaissais tout de ce monde, les ventilateurs, les draps qui séchaient au fond, les appliques, les habits qu'il ne fallait pas mettre à la machine, de peur que le bébé n'attrape le tournis. J'étais cet enfant dans son lit à barreaux, les bras grands ouverts, attendant qu'on l'enlève. J'ai mis le bandeau à sécher sur la corde à linge près des peupliers. Je le revois claquer dans le vent, et c'est comme si tous les visages des confidents reprenaient leur liberté.

*

Un an s'est écoulé depuis mon retour à la maison.
Un an d'exaltation et de ratures. Un an, le dos
fourbu et l'esprit en alerte. Un an à travailler quand
j'avais envie de travailler, et quand je n'avais pas envie
de travailler. L'hiver est revenu, l'écharpe grise a
retrouvé sa place autour de mon cou. Elle sent toujours l'herbe coupée. Il ne me reste plus que quelques
lignes à ajouter avant d'envoyer mon manuscrit chez
l'éditeur. Il faut encore que je parle du dernier visiteur.
Je repousse le moment de le faire, je trouve chaque
jour autre chose à raconter. Souvent je pense à lui,
pourtant, très souvent. Ce que j'ai fait avec son argent ?
Rien. Je n'en ai rien fait. Enfin rien de spécial, je l'ai
dépensé. Je marche dans la vie avec cette impression
qu'un jour, dans une librairie peut-être, de part et
d'autre d'une table couverte de livres, il plantera ses
yeux dans les miens. Ce qui est écrit dans le cahier
à spirale ? Je ne peux pas le dire ici. Je ne m'en sens
pas le droit. Si je devais imaginer quelque chose qui
ressemble à la confession de l'homme, j'écrirais que
quelqu'un était mort noyé, et qu'il n'avait rien fait pour
le sauver. Un jeune, poussé dans le canal. Un étranger.
Ma gorge se serre en écrivant ce mot. *Étranger*. C'est
comme si j'écrivais *Papa*. Le livre se referme, il pose
sa limite. Un trou, là, en dessous. Un trou blanc, et le
reste qui brûle d'avoir tant écouté à la porte des gens.

*

Hier, je suis allée passer la journée au Havre. J'ai marché vers le nord le long de la mer. Au lieu-dit du Bout du Monde, il y a une sculpture monumentale représentant un homme portant sa fille sur ses épaules. Ils n'étaient pas là l'hiver dernier, avant les confidences. Tous les deux regardent au loin d'un air grave, et moi j'ai regardé les mains de l'homme refermées sur celles de la petite. Je me suis dit que c'était peut-être ça seulement qui m'avait manqué. Je n'avais pas besoin que mon père me raconte ses secrets. Je n'y tenais pas, en vérité, surtout pas. J'aurais juste aimé qu'il me porte sur ses épaules, une fois, ne serait-ce qu'une fois face à la mer. Face à l'horizon.

*

On dit muet comme une tombe. Comme une carpe aussi. Une taupe, une huître, un lapin. Je me demande ce que je choisirais si j'avais dû me plier au jeu des confidences. À propos de blancheur, une scène me revient en mémoire, une scène toute simple, comme celle de la fillette qui se glisse par le toit ouvrant de la voiture paternelle lorsqu'elle arrive dans l'impasse où se trouve sa maison. Elle croit que tous les voisins l'admirent quand elle agite la main façon reine d'Angleterre. Mon souvenir à moi est moins lumineux. Petite, j'étais très observatrice. Très solitaire. J'aimais les expériences. Un jour, en cachette, j'ai fait cuire un yaourt nature. Je revois l'eau qui sort, je revois les grumeaux. J'ajoute de la gelée de groseille et du beurre salé, je touille, c'est absolument dégueulasse, mais je mange tout. Jusqu'au bout.

J'aurais pu inventer une fin plus séduisante, mais c'est cette image-là qui s'impose. Cette image qui reste. L'image d'une petite fille sur la pointe des pieds observant la lente décomposition d'un yaourt dans une casserole en tôle émaillée.

Œuvres de Marie Nimier (suite)

Aux Éditions Albin Michel jeunesse

CHARIVARI À COT-COT CITY, 2001, illustrations Christophe Merlin.
LE MONDE DE NOUNOUILLE, 2001, illustrations Clément Oubrerie.
AU BONHEUR DES LAPINS, 2015, illustrations Béatrice Rodriguez.

Aux Éditions Gallimard jeunesse

UNE MÉMOIRE D'ÉLÉPHANT, 1998, illustrations Quentin Blake.
LES TROMPES D'EUSTACHE, 2005, illustrations William Wilson.
LA KANGOUROUTE, 2006, illustrations William Wilson.

Aux Éditions Paris-Musées

ETNA, LA FILLE DU VOLCAN, 2003, illustrations Hervé di Rosa.

Aux éditions Benjamin media

MIMINE ET MOMO, 2012, illustrations Thomas Baas, musique et chant Élise Caron.

Composition : Entrelignes (64).
Achevé d'imprimer
sur Roto-Page
par l'Imprimerie Floch
à Mayenne, le 18 février 2019.
Dépôt légal : février 2019.
Numéro d'imprimeur : 93964.

ISBN 978-2-07-284313-6 / Imprimé en France.

348225